1492, ANACAONA
A insurgente do Caribe

1492,

Paula Anacaona

ANACAONA

A insurgente do Caribe

Tradução de Adriana de Oliveira Silva

jandaíra

Título original

1492, *Anacaona l'insurgée des Caraïbes*

Este livro foi revisado segundo o Novo Acordo Ortográfico da Língua Portuguesa.

Cet ouvrage a bénéficié du soutien des Programmes d'aides à la publication de l'Institut Français.

Este livro contou com o apoio à publicação do Institut Français.

DIREÇÃO EDITORIAL: Lizandra Magon de Almeida

ASSISTÊNCIA EDITORIAL: Maria Ferreira

TRADUÇÃO: Adriana de Oliveira Silva

REVISÃO DA TRADUÇÃO: Cristina Fernandes

REVISÃO: Equipe Jandaíra

PROJETO GRÁFICO E DIAGRAMAÇÃO: Adriana Moreno

ILUSTRAÇÕES: Valentina Fraiz

DADOS INTERNACIONAIS DE CATALOGAÇÃO NA PUBLICAÇÃO (CIP) (CÂMARA BRASILEIRA DO LIVRO, SP, BRASIL)

Anacaona,Paula

1492, Anacaona: a insurgente do Caribe / Paula Anacaona; ilustração Valentina Fraiz; tradução Adriana de Oliveira.— SãoPaulo: Editora Jandaíra, 2024.

Título original: 1492, Anacaona, l'insurgée des Caraïbes
ISBN 978-65-5094-114-7

1. Romance francês I. Fraiz, Valentina.
II. Título.

24-210685 CDD-843

Índices para catálogo sistemático:

1. Romances: Literatura francesa 843
Eliane de Freitas Leite - Bibliotecária - CRB8/8415

jandaíra

Rua Vergueiro, 2087 cj. 306 • 04101-000 • São Paulo, SP
11 3062-7909
editorajandaira.com.br
Editora Jandaíra
@editorajandaira

AMBASSADE DE FRANCE AU BRÉSIL
Liberté
Égalité
Fraternité

INSTITUT FRANÇAIS

Esta é uma história verdadeira, tão verdadeira quanto possível.

O ENCONTRO

Vivíamos lado a lado, a América ignorando a existência da Europa, a Europa ignorando a existência da América.
O encontro com o Outro será um choque para todos.
Mas será que realmente encontramos o Outro quando, desde o início, prevalece o sentimento de superioridade?

Bem-vindos ao Ayiti, a terra das altas montanhas!

Nossa ilha é embalada pelos ventos alísios e cercada por um mar turquesa repleto de peixes, nossas montanhas são cortadas por cachoeiras de água doce e nossas planícies, cobertas por uma vegetação exuberante. A natureza nos abençoou.

Nossos ancestrais aruaque vêm da bacia do Orinoco, no continente. Há centenas de anos, eles se lançaram corajosamente ao mar em suas canoas e migraram para as ilhas do Caribe. Uma vez estabelecidos lá, tornaram-se taínos, o que em nossa língua significa "bom e nobre".

Narramos ainda sua jornada para a encantadora ilha de Quisqueia, "a grande terra, mãe das terras", que também chamamos de Ayiti, "a terra das montanhas altas". Este é o nosso mito fundador... Contado e recontado durante os areitos,[1] nosso povo se lembra de seus mitos fundadores, suas histórias, da fundação de seus bohios — uma única palavra que significa cabana, aldeia e ilha.

Eu gosto de cantar porque cantar faz a gente feliz, e ser feliz faz a gente cantar. Gosto de ouvir os tambores, as maracas, as flautas... Adoro dança e poesia.

O Ayiti me inspira! Minha alma se eleva para contemplar a natureza... Gosto de sentir os cheiros da terra depois da chuva, gosto de observar os

1. Cerimônia poética, musical e dançante da cultura taíno.

diferentes tons de azul e verde do oceano, gosto de me deixar banhar pela luz da lua quando está cheia e, acima de tudo, gosto de me lembrar dos furacões que varrem nossa ilha...

Às vezes fico extasiada, tomada pela magia da vida. Esqueço tudo ao meu redor, perdida no momento presente.

Saúdo com felicidade esse estado de profunda alegria, o rosto luminoso, o coração vibrante, aberto ao invisível, ao infinito, ao Grande Todo.

Dia após dia, noite após noite, sinto que conquisto a serenidade. Chego cada vez mais perto...

Eu sou Anacaona, cacica, irmã de cacique, e em breve esposa de cacique. Princesa e rainha ao mesmo tempo; mulher, filha e irmã feliz e realizada, confiante no curso da vida.

Ah! Como a vida é doce no Ayiti...

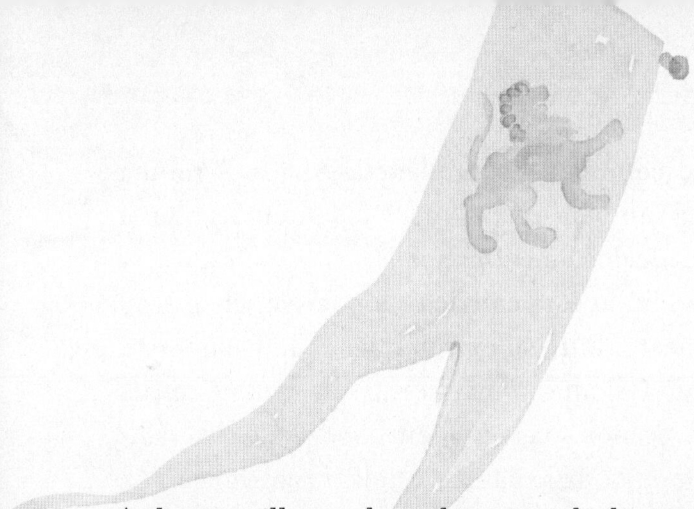

A alguns milhares de quilômetros de distância...

Desde 1485, Cristóvão Colombo, um navegante genovês, está convencido de que pode encontrar um novo caminho para o Oriente. Ele acha que é possível chegar pelo oeste ao Catai[2] e ao mítico Cipango,[3] que Marco Polo havia alcançado por terra mais de um século antes.

Ele sabe, como a maioria das pessoas cultas da época, que a Terra é redonda. Ele ouviu histórias de navegantes perdidos, naufragados e resgatados. Ele viu, durante uma viagem à costa oeste da Irlanda, um barco à deriva com dois cadáveres de um fenótipo desconhecido: pele cor de oliva, cabelo muito preto e liso, testa proeminente... Ele viveu na Madeira, um arquipélago no Oceano Atlântico, onde viu o mar jogar fora plantas e troncos desconhecidos — e até objetos esculpidos que não pareciam nem europeus nem africanos. Isso o fez concluir que existem terras habitadas a oeste.

Para financiar sua expedição, ele recorre ao soberano de Portugal, que duas vezes recusa seu pedido. João II está muito

2. Norte da China, popularizado por Marco Polo.

3. Nome dado por Marco Polo ao Japão e que, em chinês, significa Império do Sol Nascente.

ocupado com a descoberta e a conquista da África. A rainha Isabel da Espanha também recusa, atarefada demais com a retomada de Granada dos muçulmanos.

No entanto, Colombo está convicto: é possível chegar ao leste a partir do oeste. Entre o extremo leste do Ocidente e o extremo oeste do Oriente, o mar certamente não é muito vasto, afirma o navegador. Mas ninguém ouve o que ele diz...

Por fim, os soberanos da Espanha se deixam convencer. As rotas para o Oriente estão bloqueadas e agora é difícil obter pimenta-do-reino, canela e cravo da Índia ou do Ceilão: os turcos acabam de retomar Constantinopla e passam a controlar o Oriente Médio, e a viagem de circum-navegação da África é longa, perigosa e está nas mãos dos portugueses...

Colombo apresenta os potenciais benefícios econômicos de um novo caminho. E lembra as maravilhosas riquezas dessa região da qual o comerciante italiano falou. Enfim, em desespero, ele dá a entender que pode apresentar seu projeto ao inimigo jurado da Coroa de Castela — o rei da França...

Em 1492, sete anos após seu primeiro pedido, a rainha Isabel concede a Cristóvão Colombo três caravelas e aceita suas pretensões megalomaníacas: ser nomeado almirante da matriz oceânica e governador e vice-rei das terras descobertas, sem contar as vantagens financeiras. A aposta não é tão arriscada para os castelhanos — se esse insistente genovês não descobrir nada, ele nada terá; e se estiver dizendo a verdade...

Finalmente, o argumento religioso com certeza foi levado em conta: sendo um cristão piedoso, Colombo diz querer converter ao cristianismo Gengis Khan, o imperador da China, e quem sabe todos os súditos dele. A Espanha, que acaba de reconquistar parte de seu território dos muçulmanos, sente-se protegida por Deus.

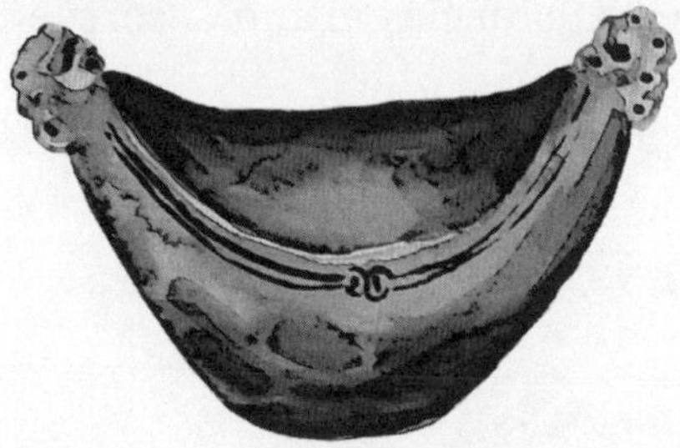

Colombo levanta âncora em 3 de agosto de 1492 com menos de cem marinheiros e três embarcações leves, de apenas vinte metros de comprimento. Rumo às Índias!

Ele passa pelas ilhas Canárias, depois contorna o golfo da Guiné na África, deixando-se levar pelos ventos alísios... Os marinheiros ficam assustados com a força desses ventos, nos quais navegam pela primeira vez: será que eles os trarão de volta? Colombo está confiante. Ele ruma para oeste.

Navegam por mais de um mês. O oceano está coberto de ervas, a tripulação acha que está perto de terra firme. Os marinheiros avistam tartarugas, albatrozes — aves que, como se sabe, nunca se afastam da terra firme!

Mas nada ainda... As três caravelas quase atolam, navegando com dificuldade entre algas gigantescas, que parecem braços de polvos monstruosos... Supersticiosos, os marinheiros entram em pânico.

Na verdade, trata-se do mar dos Sargaços — uma área calma, sem vento nem ondas.

As caravelas pouco se movimentam em meio a essa imensa pradaria marinha, que nenhum navegador tinha mencionado antes. O desânimo e a preocupação tomam conta.

Todas as noites, a tripulação canta o *Salve Rainha* e reza fervorosamente...

"Cada hora se transforma em ano", escreve o Almirante em seu diário.

Faz dois meses que Colombo e sua tribulação partiram.

Será que eles se perderam? Várias vezes, os marinheiros, vítimas de ilusões ópticas, acreditam ver a terra. Mas os dias passam e as reservas de água doce e comida estão se esgotando...

Colombo continua a crer no seu plano. Sabe que está certo. Então ele tem um lampejo genial e decide mudar o curso. Rota oeste-sudoeste!

Para motivar seus homens, o Almirante promete ao primeiro marinheiro que avistar a terra um gibão de seda, além dos dez mil maravedis de renda vitalícia oferecidos pelos reis espanhóis.

Por fim, num dia de outubro de 1492:

— Terra!

De início, Colombo pensa que está no Japão, depois percebe que está mais ao sul: nas fronteiras da China, provavelmente?

A Niña, a Pinta e a Santa Maria chegaram à ilha Guanahani,[4] a ilha da iguana. É um verdadeiro paraíso: árvores muito verdes, muita água e frutas.

4. Localizada onde atualmente são as Bahamas.

Colombo desembarca com dois capitães e um tabelião real com seu tinteiro. Seu primeiro ato é ajoelhar-se, em lágrimas, e agradecer a Deus. Depois ele planta uma cruz e a bandeira real encimada por uma coroa, um F e um Y em cada lado da cruz vermelha.

Sem se preocupar com os nativos ao seu redor, ele nomeia a ilha de São Salvador, em homenagem ao Santo Salvador, e manda o tabelião fazer a escritura de propriedade.

Cristóvão Colombo toma posse da ilha em nome dos reis católicos da Espanha.

Colombo acaba de descobrir outro mundo — mais precisamente o que hoje são as Grandes Antilhas,[5] entre o norte e o sul desse longo continente que até então não aparecia em qualquer mapa, apesar de já ser povoado há milhares de anos... Atribuímos a Colombo a "descoberta" desse "Novo Mundo" — embora os vikings do século 11, ou marinheiros perdidos, tenham, sem dúvida, pisado antes na areia desse litoral...

Colombo chama os homens e as mulheres totalmente nus de "índios", já que acredita ter desembarcado na Índia.

Incapazes de trocar palavras, eles trocam algumas mercadorias: sinos, contas de vidro e outras coisas de pouco valor que encantam os nativos. Os "índios", por sua vez, lhes oferecem papagaios, bolotas de algodão, lanças e, especialmente,

5. Antilhas é o nome dado pelos colonizadores à região. Optamos por usar Caribe, nome indígena original, em todo o livro.

comida fresca: uma delícia, depois do pão repleto de larvas dos porões do navio...

"São todos muito bem-feitos, muito bonitos no corpo e muito atraentes no rosto. Seus olhos são muito bonitos; seus cabelos, lisos. São de bela estatura e têm boa aparência, com pernas muito retas e barriga reta", escreve Colombo em seu diário.

Esse primeiro encontro é amigável e pacífico.

Quase idílico.

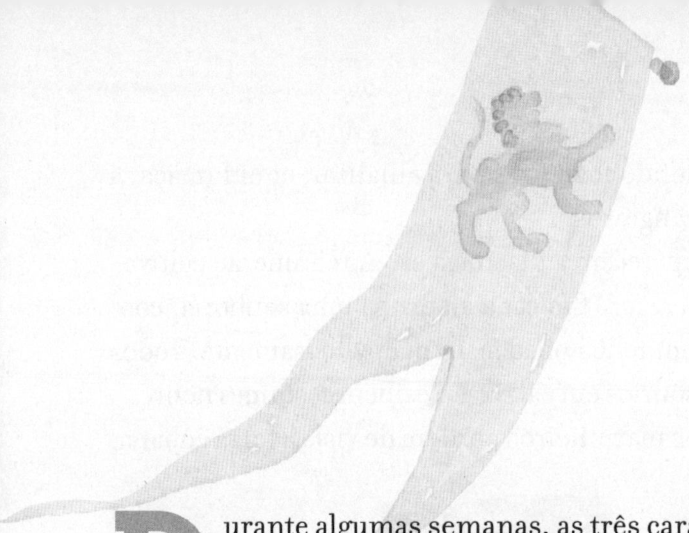

Durante algumas semanas, as três caravelas margeiam as costas sem nunca se aventurar no interior dos territórios. Os espanhóis[6] ficam no navio ou caminham pelas praias, nada além disso.

As ilhas se estendem em mil rosários. As populações nativas parecem temerosas no início, mas depois se tornam muito acolhedoras. Juntam-se a eles a bordo de canoas, longos barcos feitos de um único tronco, que podem abrigar entre quarenta e oitenta pessoas. Colombo também viu canoas bem pequenas, para uma pessoa. Ele, que é navegador, surpreende-se com a manobrabilidade dessas embarcações.

Os taínos[7] abastecem os viajantes, oferecem água, alimentos, presentes. Em troca, Colombo lhes dá ninharias.

As caravelas navegam ao longo da costa leste de Cuba... A costa é densamente povoada: em todos os lugares há aldeias

6. Chamamos de "espanhóis" os habitantes da Península Ibérica, mesmo que na época eles tenham vindo de diferentes regiões: Castela, País Basco, Extremadura... Da mesma forma, às vezes os chamamos de "europeus" mesmo que eles se chamassem de "cristãos".
7. Usamos "taínos" para nos referir às populações em geral encontradas por Colombo nas Grandes Antilhas, em oposição às das Pequenas Antilhas, os kalinagos. Mas, na realidade, os taínos são divididos em vários subgrupos, e falam taíno, macorix e diversas línguas vernáculas.

— que vão acendendo fogueiras para sinalizar, com fumaça, a presença de estrangeiros.

Os vales que aparecem à distância são inteiramente cultivados. Colombo escreve: "Em cada aldeia há uma senhoria, com um senhor a quem todos obedecem maravilhosamente. Todos esses chefes são sóbrios em palavras e exibem costumes nobres".

Finalmente, os marinheiros perdem de vista a terra cubana.

Em 6 de dezembro de 1492, quando o sol nasce e dissipa a névoa matinal, ouve-se novamente:

— Terra!

Fui avisada da chegada de estrangeiros muito antes de eles chegarem à nossa ilha. Alguns pescadores tinham voltado de Cubanacan[8] com essa notícia: homens peludos até no rosto, vestidos apesar do calor, navegavam três belas canoas, tinham atracado lá e sido recebidos pelos cacicas[9] da ilha. Eram comerciantes com costumes estranhos, mas que trocavam com boa vontade seus bens pelos nossos...

No meio de uma partida de batu, enquanto torcia pelo meu time, ouvi me chamarem. "Deixe-me passar! Tenho uma mensagem urgente para a cacica Anacaona!"

Meu mensageiro, quase sem fôlego, lançou-se aos meus pés e me contou que tinha visto, de manhãzinha, no mar que faz fronteira com o reino de Marien, canoas com imensas velas brancas. Em seguida, barcos menores foram se aproximando, trazendo a bordo esses homens vindos de uma terra distante. Nenhuma mulher.

8. Nome indígena da ilha de Cuba.
9. *Cacica* é a palavra taíno que deu origem à palavra cacique.

Os marinheiros espanhóis descobrem o Ayiti pela costa noroeste, que fica diante de Cuba. Eles estão no reino do cacique de Marien, Guakanagarik.

Ao longo do dia, as caravelas são escoltadas por canoas cheias de taínos, que os olham "como maravilhas", se convence Colombo. Na verdade, são guerreiros, mas ele não entende nada do significado das pinturas de guerra.

Então esses homens e mulheres que haviam se preparado para a guerra decidem guardar suas flechas, dardos e tacapes diante das aparentes boas intenções desses viajantes. Eles os seguem com cautela, depois se aventuram a embarcar em seus navios.

O Almirante deu instruções muito claras aos seus marinheiros: não ofender ninguém, não tirar nada dos nativos contra sua vontade, oferecer presentes para obter seus favores. Os navios estão cheios de mercadorias que os reis da Espanha haviam comprado para o comércio, e trocas começam a ser feitas.

Finalmente, no fim da tarde, eles chegam a uma baía bonita. O cacique Guakanagarik foi avisado de sua chegada por seus *nitaínos*, os chefes das aldeias. A praia está repleta de gente.

"As pessoas desta ilha e das outras que descobri ficam todas nuas, homens e mulheres, do jeito que vieram ao mundo, embora algumas mulheres cubram apenas uma parte de seu corpo com uma folha ou uma tanga de algodão."

Guakanagarik, o corpo pintado com tinta roxa e o rosto exibindo longas linhas pretas, com um amuleto no pescoço e usando um adorno de cabeça feito das mais lindas penas de pássaros, recebe os estrangeiros com cordialidade e todas as honras devidas a um chefe.

Ele oferece alimentos e bebidas aos convidados; um abacaxi, símbolo de hospitalidade, além de algodão, mel, especiarias, papagaios, uma *hamaca*;[10] acolhe os espanhóis como amigos. Em troca, o chefe recebe anéis, cruzes, contas, sinos, gorros vermelhos — que encantam os taínos.

Colombo se maravilha com a generosidade desse povo: "Quando algo é dado, é dado de todo coração".

Guakanagarik também lhe ofereceu seu cocar de penas. Para Colombo, é um sinal óbvio de submissão — entregando-lhe sua coroa, o cacique não lhe entrega seu poder? Não lhe ocorre que Guakanagarik pudesse se desapegar desse bem material e oferecê-lo como sinal de respeito, boas-vindas e amizade futura.

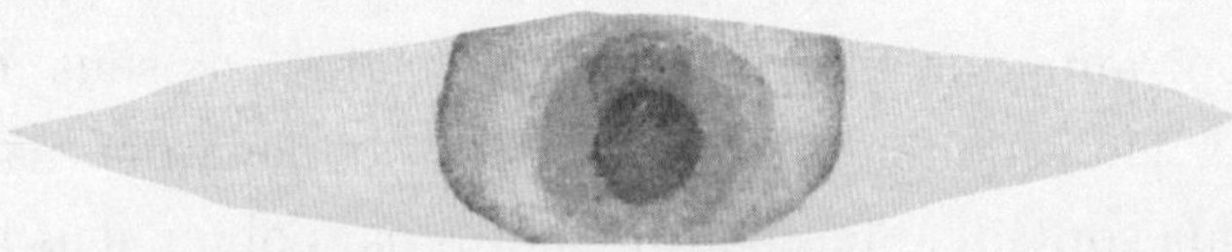

Imediatamente apelidamos esses estrangeiros de guamikenas, que significa "aqueles que estão totalmente vestidos".

Inicialmente, não ficamos intimidados por esses homens, mesmo que eles não parecessem ter nascido da mesma barriga aruaque que nós. Em nossos mitos, já apareciam seres nascidos do outro lado do horizonte.

10. Palavra taíno que significa rede de dormir. O termo foi incorporado ao vocabulário dos países que falam espanhol na América Latina.

São meros humanos ou humanos com poderes especiais, como nosso buhitio[11]? Afinal, o que importa?

Cristóvão Colombo renomeou a ilha de Hispaniola, Pequena Espanha, em homenagem aos soberanos Fernando e Isabel.

Ao longo de suas quatro viagens, ele nunca deixa de renomear tudo o que vê — primeiramente para a glória de Deus, da Santíssima Trindade e da Virgem Maria, e depois para a dos reis soberanos. Quando o calendário cristão se esgota, passa a usar a natureza...

Faz isso de propósito. Desnomear para renomear equivale a tomar posse. É "sua" descoberta.

Cristóvão Colombo e sua tripulação são cativados pela beleza de Hispaniola.

Cada enseada parece mais propícia do que a outra para instalar um porto comercial, e Colombo está tão entusiasmado que receia ser acusado de exagerar demais.

11. Palavra taíno que significa "xamã".

"Estou há 23 anos navegando o mar, sem deixá-lo por um tempo que valha contar, eu vi todo o Levante e todo o Poente... Viajei pela Guiné; mas em nenhuma dessas terras encontrei a perfeição dos portos desta ilha", escreve.

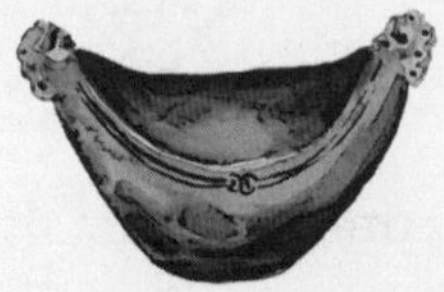

A comunicação é difícil no início. Há até um intérprete, que deixou a Espanha com as caravelas — mas que língua ele falaria? Chinês, uma vez que os marinheiros pensavam que chegariam ao continente asiático? As semanas passam e, após tantos gestos e mímicas exageradas, a comunicação finalmente se estabelece. Logo surgem intérpretes entre os taínos — embora não tenha ocorrido aos espanhóis aprender essa língua.

Colombo está convencido de que eles devem ser "ensinados a falar", pois sua fala nativa não poderia ser considerada uma língua.

Nesse simples fato, todo um sistema de pensamento é criado: cabe aos vencidos aprender a língua do vencedor.

Vencido, vencedor.

Colombo enfatiza reiteradamente a abundância da vegetação, a beleza da natureza, a doçura do clima, o perfume das flores, o gosto de frutos que remetem à nudez, à inocência, à ingenuidade e à mansidão dos taínos.

Mas as primeiras dúvidas de Colombo aparecem: por um lado, é em Hispaniola que ele diz ter visto os índios mais civilizados, com as cidades mais organizadas, e um sistema político bem estabelecido. Por outro, fica chocado com sua nudez quase completa — já que roupas, para ele, simbolizam a civilização.

O europeu perde o prumo. Está secretamente desapontado por ter encontrado apenas selvagens...

Ele não faz nenhum esforço para entender e julga tudo com base no próprio conhecimento. Aprecia as peles claras porque se parecem com a sua própria cor. Diante dos caciques, a única coisa que o preocupa é encontrar o equivalente em espanhol. O cacique é um rei ou um governador? E o *nitaíno*, é um cavalheiro, um governador ou um juiz? Em seu entendimento, há necessariamente uma equivalência. Ele não consegue imaginar que o sistema político possa ser outro.

Colombo compara tudo ao que ele considera a norma universal, e desde o início vê os taínos com os olhos do etnocentrismo.

Na realidade, Colombo tem pouco interesse nas pessoas. Ele comenta sobre elas no meio de suas observações sobre a paisagem, entre descrições admiradas de pássaros e árvores. Os taínos lhe parecem despojados de qualquer cultura: não têm alfabeto nem escrita, nem religião nem língua, ele decide. Não se trata de uma civilização "brilhante".

Os taínos de Hispaniola são como uma página em branco.

As civilizações americanas pré-colombianas viveram fechadas em si mesmas, isoladas durantes séculos, diferentemente da África, da Ásia e da Europa, que sempre mantiveram contato.

Os europeus não sabiam da existência da América e vice-versa.

Os dois mundos se mantiveram separados pelo oceano, cada um ignorando a existência do outro. Esse encontro foi, portanto, de grande intensidade. A descoberta desse Outro será um choque — tanto para os espanhóis quanto para os nativos americanos.

Mas será que realmente se conhece alguém quando, desde o início, prevalece um sentimento de superioridade? Colombo, em sua primeira viagem, certamente fala bem dos índios em seu diário, mas, na verdade, nunca fala com eles. E não é falando com o outro que o reconhecemos como sujeito?...

Cristóvão Colombo certamente descobriu, sem querer, a América. Mas não descobriu os americanos.

O Ayiti é uma ilha próspera, densamente povoada, animada, que fervilha de atividade, de mulheres, homens e crianças. Os espanhóis a comparam a uma "colmeia humana". Informações e mercadorias circulam por toda parte, entre as ilhas do Caribe e até mesmo pelo continente americano — Yucatán, Venezuela e América Central. Entre as ilhas se trocam peixes, carnes, cerâmicas, conchas, máscaras, cintos, pérolas, objetos.

Os taínos são excelentes marinheiros e conhecem profundamente o mar do Caribe, seus ventos e correntes, o que lhes permite circular e comerciar por toda a bacia. Suas canoas monóxilas, feitas do tronco inteiro de uma única árvore, são uma proeza técnica — além de serem maravilhosamente decoradas e esculpidas.

Somos todos descendentes de aruaques, mas cada um tem suas peculiaridades. Os habitantes de Xamaica,[12] por exemplo, são excelentes artesãos. Suas redes de algodão são tão macias que você quer passar o dia inteiro deitada nelas... Suas imensas canoas são magnificamente pintadas, e seus duhos esculpidos são como que inspirados pelos deuses. Os habitantes de Paraguachoa[13]

12. Hoje Jamaica.
13. Hoje Ilha de Margarita (parte da Venezuela).

sabem como encontrar nas profundezas dos mares as conchas que contêm magníficas pérolas brancas e rosadas. E há também nossos vizinhos de Cubanacan, Boriquen,[14] Karukera,[15] Matinino[16]...

Na língua taíno, Ayiti significa "terra das montanhas altas". A ilha é montanhosa, e seu cume está a mais de três mil metros acima do nível do mar.

Politicamente, o Ayiti é bem organizado, dividido em cinco cacicados, cada um liderado por um cacique, e em pelo menos duas mil cidades e aldeias, povoadas por milhares de habitantes e governadas por caciques de menor importância, os *nitaínos*.

Ao norte está o reino de Marien, governado por Guakanagarik. Por acreditar que foi o destino que fez os espanhóis chegarem primeiro ao seu reino, ele colaborará cegamente com eles.

Guakanagarik costuma ser retratado como um rei inocente ou ingênuo, mas não é o caso. Ele se aliou aos espanhóis para se proteger das invasões dos kalinagos.[17]

14. Hoje Porto Rico.
15. Hoje Guadalupe.
16. Hoje Martinica.
17. Esses povos, também descendentes dos aruaques e habitantes das Pequenas

Seu reino, o cacicado de Marien, estava enfraquecido, porque era alvo de ataques regulares desses nossos terríveis vizinhos. Na língua deles, kalinago significa "ousado", "homem corajoso". Eles são guerreiros assustadores, enquanto nós somos muito mais pacíficos.

Eles saqueiam e devastam nossas aldeias, roubam nossas colheitas. Matam nossos homens e depois fazem colares com seus ossos e dentes. Capturam nossas mulheres, levam-nas para se casar com elas. Dizem até que comem a carne dos homens feitos prisioneiros, embora eu nunca tenha presenciado isso...

Mais ao leste estão os reinos de Magua, governado por Guarionex, e o de Higuey, relativamente preservado da presença espanhola nos primeiros anos.

No centro está o rico reino de Maguana, governado pelo beligerante Caonabo.

Finalmente, a sudoeste, está o reino de Anacaona, o mais influente da ilha, e o mais refinado também, diz-se.

Eu reino no sul da ilha, no cacicado de Xaragua, ao lado do meu irmão Bohechio. Nossas decisões são tomadas em conjunto e estamos em pé de igualdade. Mas meu casamento com o bravo Caonabo, planejado para daqui a algumas luas, criará um cacicado duplo. Serei a chefe do reino mais poderoso de Ayiti.

Anacaona, "Flor de ouro" na língua taíno, é celebrada por sua beleza: seu cabelo macio, preto profundo, caindo até a metade das costas e com a franja cortada rente às sobrancelhas, sua cintura fina, sua pele lisa cor de bronze, sua testa

Antilhas, foram renomeados "índios caraíbas" após a chegada dos europeus ao Novo Mundo, mas se autodesignavam kalinagos.

alta e plana, suas longas mãos, seus tornozelos flexíveis, seus lábios vermelhos carmim, dos quais poemas e canções maravilhosas escapam...

Em 1492, o Ayiti teria um milhão de habitantes.

As Caraíbas e as Américas eram muito mais populosas do que a Europa da época. Mas espalhar a ideia de ilhas desertas, ou povoadas apenas por um punhado de selvagens, certamente tornaria a colonização mais aceitável...

Um mito sobre os taínos circulará rapidamente pela Europa e terá vida longa: o mito do bom selvagem.

Cristóvão Colombo, no entanto, anota muitas vezes em seu diário que a terra é cultivada e explorada, e que a natureza, abundante e generosa, está longe de se encontrar abandonada.

Mas a policultura em campos abertos desconcerta os europeus acostumados com a monocultura em campos cercados. Será por isso que Colombo, e mais tarde os colonos, espalharão equívocos sobre o modo de vida dos nativos taínos? "Bárbaros que permaneceram na Idade da Pedra e vivem em um paraíso" ou "preguiçosos que só esticam o braço para colher o que cresce"?

Ou os taínos foram apresentados dessa forma para justificar mais facilmente a evangelização e o extermínio?

Os taínos do Ayiti não constroem fortes, igrejas ou monumentos; não sabem escrever. Não trabalham o ferro e, ao contrário dos outros povos da América Central, também não trabalham o ouro e o cobre. Mas isso, contudo, não significa que permaneceram na Pré-história! Eles são excelentes astrônomos, escultores, ceramistas, tecelões, marinheiros, pescadores, caçadores, agricultores.

Suas roças são extremamente bem cuidadas e monitoradas: principalmente mandioca e milho, mas também abóbora, feijão, batata-doce, pimenta, *tabacu* e muitas plantas medicinais.

As malocas são impecáveis e sua arquitetura reflete a posição social de quem vive nelas: cacique, *nitaíno* ou pessoa comum.

A ausência de edifícios de pedra não é sinal de inferioridade técnica, mas de uma escolha deliberada: as malocas são bem mais adaptadas ao clima tropical, pois permitem que o vento circule livremente... Uma verdadeira preocupação estética se revela nessas habitações, decoradas com pinturas e esculturas, sem mencionar os *zemis*, urnas funerárias, dispostas aqui e ali.

Parece que a natureza oferece tudo aos taínos com facilidade e abundância. Mas essa suposta simplicidade é apenas uma ilusão.

Quando os espanhóis desembarcaram nas costas de Ayiti, os taínos estavam longe de viver numa mata virgem e de subsistir sem esforço na natureza pródiga. Eles não viviam em estado de graça, sem desejar fazer nada além de satisfazer as próprias necessidades básicas...

Os taínos frequentemente têm sido comparados ao ser humano num estado de pureza "original".

Pensar assim significaria desconsiderar a avançada organização política da ilha, além das inúmeras horas investidas no cruzamento de espécies, trabalhando nas roças de milho, cavando canais de irrigação e construindo diques, aperfeiçoando técnicas e culturas, observando o céu para predizer fenômenos meteorológicos... Significaria esquecer as centenas de anos de evolução que permitiram aos taínos conhecerem a natureza que os cerca, os usos de cada planta e fruto, e lhes impor sua vontade.

Ao longo dos séculos, os taínos adaptaram suas terras. Eles tiveram sucesso no esforço de domesticar a natureza, moldando paisagens e territórios para adaptá-los às suas necessidades, em perfeita harmonia.

A nudez dos taínos, que tanto chocou os espanhóis em sua chegada, também tem uma razão de ser. Em primeiro lugar, é adaptada ao clima tropical — os europeus também não se vestem para se proteger do frio?

Não se tratava de um indício de inferioridade cultural, uma vez que os taínos dominavam admiravelmente a arte de tecer, trocando seu algodão até com o México e a Venezuela.

E, de fato, eles não estão nus: os corpos e rostos de homens e mulheres são cobertos com pinturas e tatuagens efêmeras que são uma verdadeira linguagem: demonstram status, ocupação — e até mesmo humor. Geométricos, assimétricos, os motivos são infinitamente ricos.

Na verdade, nuas realmente estão apenas as crianças. Mulheres casadas usam a *nagua*, uma tanga de algodão ou fibras vegetais. Homens e mulheres adultos estão cobertos de pinturas corporais. E há os ornamentos, muitas vezes multicoloridos, de braço, tornozelo, punho ou coxa, feitos de algodão, conchas, pedra...

Seus corpos, trabalhados pelo esforço e pela vida ao ar livre, exalam saúde — por que os esconder? Então os taínos os expõem, com sofisticação e vaidade...

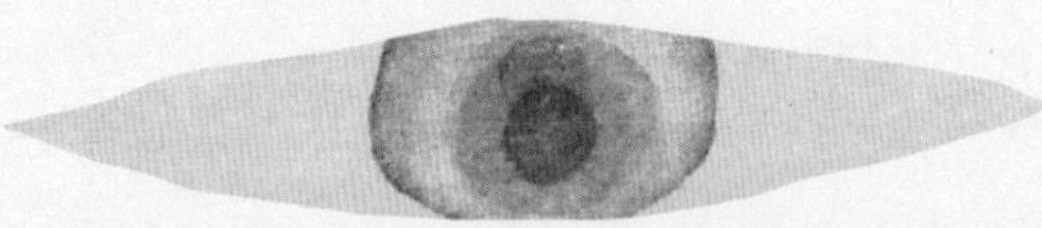

O europeu do final da Idade Média que chega ao Novo Mundo é individualista, ama o que tilinta e pesa. Ele adora possuir e acumular o que brilha.

A sociedade taíno, por sua vez, se baseia na ideia de que tudo é coletivo. O ouro, por exemplo, não é mais valioso do que qualquer outro bem e não é considerado o valor supremo do sistema de troca. O capital, ou melhor, a acumulação de capital econômico, é um conceito estrangeiro.

No entanto, os taínos têm capital — imaterial, cultural, social. Eles têm cultura, religião, tradições. Têm estética, arquitetura, gastronomia, tradições, música, poemas, mitos...

Mas esse capital, essa cultura, não contam. Os europeus os consideram primitivos.

Os nativos não são considerados dignos de ser uma grande nação e de entrar para a história — a grande História da humanidade.

Do alto das colinas, olho com orgulho o vale de Caiguani e, ao fundo, o lago Daiguani com suas águas cor de esmeralda. Encontramos harmonia, reorganizando e alterando a natureza, com respeito aos seus ciclos. Tanto que nossa riqueza parece natural e nossas ações parecem invisíveis. Mas, quando nossos ancestrais aruaques chegaram, o Ayiti era muito diferente...

Disseram que nós éramos um povo sem história. Um povo passivo, "plácido como os ruminantes". Um povo atrasado...

"Atrasados", nós? Atrasados, dizem aqueles que nunca mantêm a palavra, que semeiam a desolação por onde passam, que só usam a força para se fazerem ouvir, que desprezam o corpo humano — o deles e dos outros —, que...

Bem, estou indo rápido demais.

Cristóvão Colombo tinha chegado há vários dias e me informavam de todas as suas ações.

Eu ainda me balançava na minha rede, feliz, nada me faltava. Pensava: "como a vida é doce no Ayiti..."

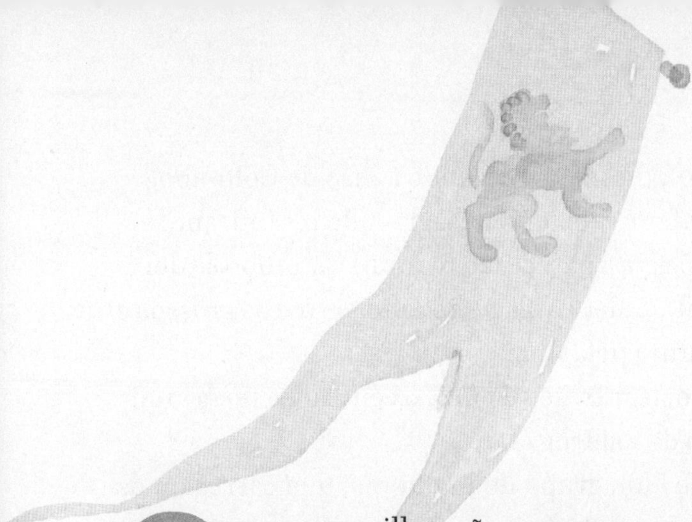

Como essas ilhas são apenas uma etapa em direção ao Oriente, Cristóvão Colombo decide, cinicamente, explorá-las ao máximo para poder financiar suas outras expedições. Ele se instala, observa, anota tudo o que pode ter valor e lança um olhar frio sobre os nativos — a quem logo transformará em escravos, observando com satisfação seu espírito de "submissão". "*Certamente serão bons servos*", escreve em seu diário, acrescentando: "*Eles têm a linguagem mais doce e afável do mundo e sempre sorriem*". As contradições de Colombo...

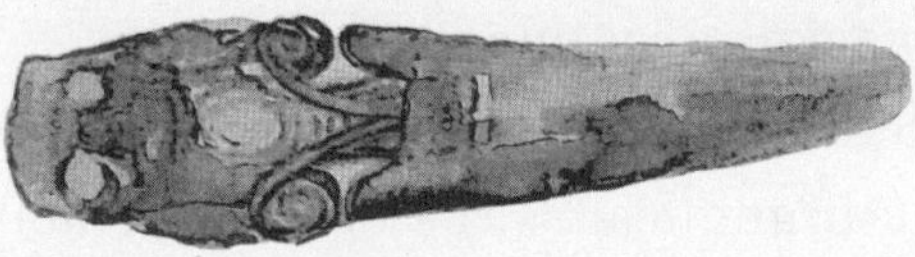

O belo Ixil, um dos filhos de Guakanagarik, ficou imediatamente intrigado com os Guamikenas. Aproximou-se do Almirante espanhol, aprendeu algumas palavras, depois várias, e rapidamente se tornou seu inseparável intérprete e guia. Ele lhe mostra todos os cantos da ilha.

“Venha comigo”, disse Ixil, pegando a mão de Colombo.

Esse gesto de afeto, que teria desagradado o Almirante alguns meses antes, agora parece tão natural! Colombo se deixa guiar, excepcionalmente. Larga o sextante, os livros grossos e o navio, e se aventura pela ilha.

O dia está lindo, o ar fresco e puro, o céu azul, a terra ainda úmida do orvalho da madrugada.

Eles passam por um grupo de mulheres, que carregam os bebês nas costas, uma tábua presa à testa — é por isso que os taínos têm testas tão planas, um sinal de beleza para eles.

— E graças a isso, temos um crânio duro que resiste aos golpes de tacape dos kalinagos!

Enquanto Ixil caminha à sua frente, Colombo de repente se dá conta de quão belo ele é — de como os taínos, homens e mulheres, são simplesmente lindos. Hoje, ele olha para eles com olhos puros, sem intenções mercantilistas.

Os taínos têm corpos excepcionais. Os rostos e corpos não têm pelos, a pele é cor de madeira, as testas são largas, os cabelos sedosos, os ombros largos... Eles exibem uma saúde impressionante graças à vida sadia ao ar livre, aos cuidados corporais especiais e à alimentação perfeita.

Ao lado deles, Colombo, com os cabelos imundos e prematuramente branqueados, os olhos avermelhados, de repente se sente um rato.

Ixil mostra orgulhosamente as roças de mandioca — a *yuca* — e de milho, que se espalham por toda a ilha.

— Olhe, é como o que você chama de Pai, Filho e Espírito Santo: um não existe sem o outro, é a nossa Trindade...

— Cale a boca, infeliz!

Ixil abaixa a cabeça e se cala. Mas, secretamente, sabe que o milho, a abóbora e o feijão são a Santíssima Trindade de seu povo. Ele pensa neles quando faz o sinal da cruz — um gesto que sempre alegra seu amigo. Os ramos do feijão se enrolam no pé de milho para aproveitar a sombra dele. A folhagem larga da abóbora, sobre o solo, retém a umidade da terra. É um equilíbrio perfeito. Ixil sabe que o milho é o pai, e se pergunta qual, entre a abóbora e o feijão, é o Filho e qual é o Espírito Santo?

O milho fornece carboidratos, o feijão fornece proteína e a combinação dos dois é particularmente benéfica, provendo a quantidade necessária de aminoácidos essenciais. A abóbora — habilmente cruzada ao longo dos séculos para perder todo o amargor — e os muitos frutos que crescem na ilha fornecem vitaminas, enquanto o abacate garante os lipídios. Graças a essa dieta alimentar perfeita, a região do Caribe nunca passou por fomes ou epidemias, ao contrário da Europa.

Colombo descreve com entusiasmo as virtudes desse "trigo da Índia" e imagina os usos que poderia ter na Europa: com ele seria possível alimentar facilmente a população, que não sofreria mais de fome! Porque esse milho alimenta e satisfaz, e tem um rendimento muito maior do que os cereais europeus da época.

Ixil leva o Almirante para o interior do território. Na curva de um caminho repleto de árvores enormes e samambaias invasivas, Colombo vê uma cena que permanecerá para sempre gravada em sua memória. Homens, mulheres e crianças taínos tomando banho em remanso, margeado por pedras e alimentado por uma cachoeira de vários metros de altura...

Os dias dos taínos começam e terminam com banhos comunitários no rio. Eles lavam o corpo inteiro, se esfregam, penteiam longamente o cabelo. Muitas vezes colorem ou tatuam o corpo com uma tintura vermelha — sementes de urucum dissolvidas em óleo. Essa tinta preserva sua pele, bem macia, e protege contra picadas de mosquitos.

O banho e o cuidado com o corpo e o cabelo podem durar várias horas.

Colombo, completamente vestido, senta-se à beira da água enquanto Ixil se junta aos que se banham. Ele nota um mamoeiro, com frutas verdes e amarelas, pesadas e carnudas, penduradas no tronco. São enormes. Colombo se perde em pensamentos. Ele provou dessa fruta curiosa, de carne alaranjada, macia e sensual.

Uma sensualidade de repente o habita, ele que nunca tomou banho em sua vida. Ele sente vontade de se despir, de massagear seu corpo com óleo, de que alguém lhe esfregue um seixo nas costas, lhe friccione suavemente a pele com ervas que o deixarão com cheiro de musgo — esse cheiro que ele nota em homens e mulheres quando se aproximam dele e que às vezes o perturba... Ele gostaria de gozar a vida, relaxar e se deixar secar pelo vento e pelo sol...

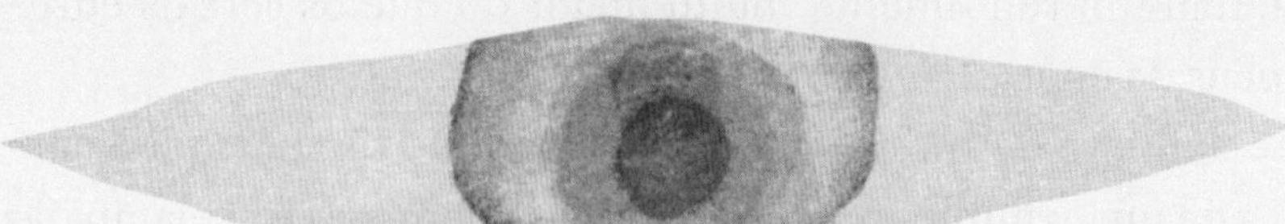

Guakanagarik e seus filhos organizam um suntuoso *areito*, logo após a chegada dos cem espanhóis. Celebração da amizade entre os povos, alegria do encontro, felicidade de estar vivo e viver uma existência maravilhosa... A vida social dos taínos é marcada por vários eventos cerimoniais.

Os *areitos*, festivais de vários dias, literalmente encantam Colombo. Primeiro paradoxo — ele não dizia que os taínos não conheciam as artes? Essas cerimônias são, sem dúvida, uma prova de que as conhecem. Mais uma vez, Colombo adaptará seu discurso... Alguns anos mais tarde, os *areitos*, considerados um ritual pagão e até um símbolo da resistência taíno à colonização cultural, serão expressamente banidos.

Mas o *areito* a que Cristóvão Colombo assiste nesse dia começa com uma partida de *batu* — o esporte favorito dos taínos.

Em frente à maloca de Guakanagarik está o campo retangular de terra, delimitado por pedras planas plantadas verticalmente e cuja face interna é decorada com petróglifos.

Antes do início do jogo, Ixil ensina as regras a Cristóvão: dois times de vinte jogadores, às vezes mais, competem entre si. Dessa vez, as equipes são mistas, mas às vezes são compostas apenas por mulheres ou homens. Os jogadores podem acertar a bola com qualquer parte do corpo, exceto as mãos: peito, coxas, quadris, ombros... E por uma boa razão: a bola, feita com ervas e raízes envoltas em goma de borracha, é tão densa e pesada que poderia ferir a mão ou o punho ao se bater nela! É a primeira vez que o europeu vê um objeto saltar, o que o assusta bastante.

Guakanagarik, no centro, joga a bola no ar e, em seguida, sai de cena e vai sentar-se em seu assento cerimonial, o *duho*.

A bola não deve cair no chão — quando isso acontece, o time adversário marca ponto. Guakanagarik é responsável por sinalizar as faltas e marcar a pontuação com riscos no chão.

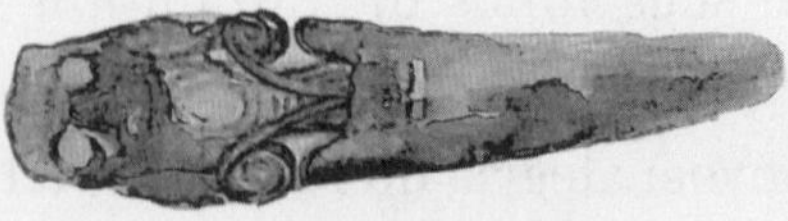

Depois do *batu* acontece o banquete. Os pratos sucedem um ao outro, temperados com *ají*, essas pimentas que os taínos usam em todos os pratos. Que iguarias... A carne desses lagartos enormes chamados iguanas tem um gosto muito refinado... E essa *anana* derrete na boca, doce, suculenta...

No fim da refeição, Colombo recebe um cachimbo, o *tabacu*.[18] Depois de fumar as longas folhas secas, ele teve a sensação de se desprender do seu invólucro carnal. Em sua boca, reencontrou o sabor de todos os pratos da refeição, todas as músicas pareciam ressoar em seu corpo.

Ele pensou ter visto Suas Majestades — elas estavam com ele enquanto lhes mostrava a ilha e agradeciam pelo novo mundo que ele havia descoberto, que as Escrituras Sagradas mencionavam em meias palavras... Sim, ele, Cristóvão Colombo, descobriu, graças à proteção da Santíssima Trindade, o Paraíso terrestre, o início da humanidade, a terra de Adão e Eva...

Ele olha para cima e se perde na contemplação do céu estrelado... Era solstício de inverno e, num instante, todos os segredos da astronomia lhe foram revelados. Ele sentiu a Terra girar, viu sua posição em relação à lua e ao sol, e quis anotar todas as suas ideias...

Na manhã seguinte, não se lembrava de nada.

18. Os espanhóis chamarão de *tabaco* a erva colocada no cachimbo.

Ah! Se ao menos Suas Altezas pudessem ver com os próprios olhos o que ele vê! Elas entenderiam a importância de sua descoberta. Não lhe dariam apenas três, mas dezenas de caravelas!

Foi ele que nomeou esta ilha de Hispaniola, "Pequena Espanha", porque no início as colinas o fizeram pensar na Espanha e em Castela, terra da rainha que financiou sua expedição... mas essa terra não tem nada a ver.

Colombo desgasta os olhos mirando as estrelas e decifrando as Escrituras Sagradas. Estava escrito. Seu nome vem do grego *Christos*, que significa "Cristo" e *Phoros*, que significa "carregar". Aquele que carrega o Cristo.

Estava escrito que ele devia levar o Cristo a esses povos.

E seu nome Colombo, que os espanhóis escrevem Colón, não tem a mesma raiz que colonizar, repovoar?

Seria ele o Escolhido?

Os taínos, que não trabalham o metal, usam o ouro em pepitas, em meio a outros ornamentos, como pedrinhas, conchas e penas. Eles enfeitam com as pepitas suas estátuas, suas máscaras. Colombo encontrou muitos artefatos taínos, o que acabou com a sua ideia de que essas ilhas desprovidas de civilização viviam num estado de natureza-paraíso. Mais uma contradição que ele deixará de lado sem pensar duas vezes.

Pouco depois de sua chegada, Cristóvão Colombo viu uma jovem andando com os seios nus, como era usual entre os taínos. Ela usava no nariz uma joia feita de concha, adornada com uma pepita de ouro. Alguns dias depois, durante o *areito* oferecido por Guakanagarik, Colombo viu os nobres taínos usando cintos, peitorais e máscaras também adornados com pepitas de ouro...

— Onde está o ouro?

Os taínos, querendo agradar seu convidado, trazem-lhe uma máscara de madeira com olhos, narinas e orelhas incrustados com ouro.

A indiferença dos taínos ao metal precioso reforça a ideia de Colombo: eles só podem ter muita abundância de ouro para serem tão desapegados! Mais uma vez, ele aponta para os objetos:

— O ouro, cadê o ouro?

— *Caona*?

— Sim, *caona, caona*!

Os taínos indicam vários lugares onde encontrar ouro — nas planícies, nos rios que descem das montanhas, há muito ouro...

— Muito? "Muito" quanto?

— "Muito" o suficiente!

Assim que o ouro lhe é trazido — que pena que os taínos não saibam como trabalhá-lo, deixando-o assim, em estado bruto! Colombo se tranca em seu oratório, ajoelha-se e reza: "Agradecemos a Nosso Senhor que nos fez dignos de descobrir tantos bens". Marco Polo não falava em suas histórias sobre a China de "casas com telhados dourados"? É verdade que, em seus sonhos, Colombo imaginava cidades suntuosas e cavalos ajaezados com ouro, no entanto vê em torno dele apenas cabanas de galhos mobiliadas com redes. Mas não está longe, está chegando lá.

As principais regiões auríferas localizam-se no centro da ilha, entende ele, nas montanhas de Cibao, que se estendem pelos quatro reinos do Ayiti — Marien, Maguana, Magua e Higuey. Cibao... Parece muito com Cipango, a terra do ouro mencionada por Marco Polo! Deve ser aqui que estão as montanhas de ouro!

As convicções de Colombo foram construídas *a priori*. Mal pisou na ilha e já decidiu que essas terras são ricas. Elas o serão, porque ele assim o deseja.

O ouro... Claro que adoramos ouro. Eu amo o ouro na minha pele marrom — ele a faz brilhar. O ouro, irmão do sol... Ele sempre adornou nossos cintos, nossos peitorais, nossos cocares. Sempre coletamos suas pepitas nos leitos dos rios. Nunca buscamos ter mais do que encontramos — para quê?

Eles, ao contrário, são obcecados por ouro.

Graças ao ouro, os Conquistadores esperam adquirir os títulos de nobreza tão indispensáveis na Europa da época. Além disso, ele não é perecível, é fácil de transportar...

Em resumo, é a febre do ouro.

Cristóvão Colombo fala do metal constantemente. Será que ele é movido pela ganância, como os outros?

Este homem, profundamente místico, sente-se encarregado de uma missão divina. Ele viaja pela glória da Santíssima Trindade e da santa religião cristã — e vê a intervenção de Deus em toda parte. Obviamente, ele quer converter os povos que encontra e espalhar o cristianismo. Mas seu verdadeiro projeto, sua obsessão, é retomar as Cruzadas para libertar Jerusalém e a Terra Santa das mãos dos infiéis. Para isso, ele precisa de ouro, muito ouro. O ouro do Novo Mundo será usado para isso.

Ele ainda não sabe, mas esse não é em nada o projeto dos reis da Espanha.

Uma troca assimétrica se inicia, sem qualquer culpa: os cristãos trazem a religião aos pagãos e, em troca, saqueiam o ouro e toda a riqueza que encontram.

Ainda não encontrei os homens vestidos, os Guamikenas. Mas eles me foram descritos: o que choca à primeira vista é o aspecto sujo e o odor repulsivo deles. É verdade que ninguém nunca os viu tomar banho.

Eles têm uma pele pálida e olhos geralmente claros. O rosto peludo parece focinho de animal. Vários têm membros atrofiados, o rosto cheio de buracos, o peito frágil, os ombros caídos para a frente, as pernas curtas e arqueadas.

No entanto, todos nós concordamos em dizê-lo: sabem fazer objetos bonitos. Seus tecidos são terrivelmente quentes, mas macios. Suas pequenas contas, transparentes como água, são lindas. Elas rapidamente invadiram a ilha e muitos nitaínos agora as usam em colares.

Suas armas de metal são impressionantes. Seus machados cortam uma árvore muito mais rapidamente do que os nossos. E eles fazem espadas, sempre de metal, tão cortantes como nossas facas ou pontas de flechas, mas cujo comprimento pode chegar ao de um braço, enquanto as nossas não passam de um dedo.

Eu sei bem que Guakanagarik sonha em servir de intermediário e apresentar todos os caciques do Ayiti para o líder desses homens pálidos, como se Ayiti pertencesse a ele, como se tudo tivesse que passar por ele. Seus dois filhos, Ixil e Mani, passam os dias com eles e o chefe deles.

Só vou encontrar o chefe dos Guamikenas quando ele adentrar minhas terras e me pedir hospitalidade. E só vou colocar suas contas no meu cocar depois que ele, pessoalmente, ofertá-las para mim.

O Almirante ainda não me conhece. Mas eu o conheço. Sou informada de cada movimento dele por seus intérpretes e por um nobre nitaíno do cacicado de Guakanagarik sensível à minha poesia.

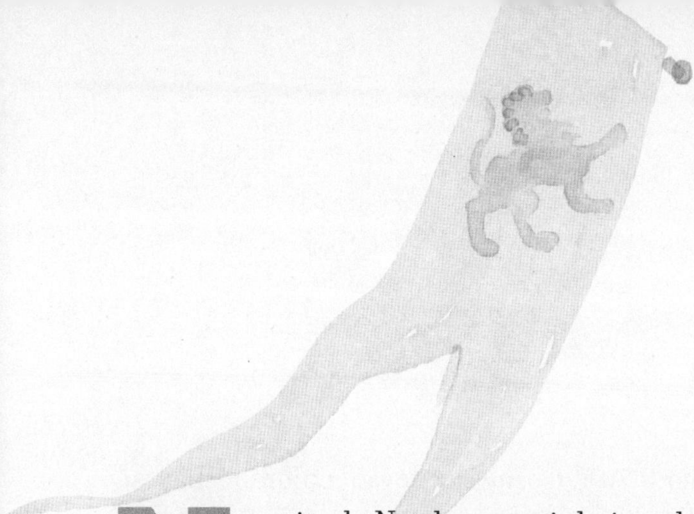

Na noite de Natal, os marinheiros decidem fazer uma pausa: tudo está calmo, o mar está liso como um espelho...

Lentamente, uma das caravelas se choca contra os recifes que margeiam a ilha.

O Almirante tinha expressamente proibido: não se deixa o leme aos cuidados de um marujo qualquer! Mas é tarde demais e o navio está afundando. Guakanagarik envia todo o seu povo para ajudar os marinheiros espanhóis a transferir a carga para suas canoas antes que tudo se perca.

Colombo se surpreende com a empatia do cacique, a quem descreve "em lágrimas", pronto para consolá-lo pela perda do navio e assegurando-lhe que lhe daria tudo o que tinha. Isso o fez escrever com emoção em seu diário: "Eles amam o próximo como a eles mesmos".

Os espanhóis conseguem salvar a madeira do navio, e a usarão para construir um forte, o forte da Navidad.

Quando soube do naufrágio da piroga deles, fui observá-los, secretamente. Entrei no reino de Guakanagarik, à noite, e subi ao topo do morro que tem vista direta para a enseada onde os estrangeiros se estabeleceram. Por vários dias, eu os vi construir sua grande cabana e erguer paliçadas.

O ano novo passou. Até agora, Cristóvão Colombo não se aventurou fora do reino de Guakanagarik, por um lado limitado pelo mar e, por outro, pelas montanhas. Ele encontrou cobre, ametista, jade. Mas não tanto ouro quanto esperava.

Ele se prepara para voltar para a Espanha, feliz com o anúncio que fará à Rainha: uma nova terra descoberta, populações nuas e pacíficas, um paraíso na Terra, e ouro, ele vai insistir, e até exagerar: "Ouro em abundância, Vossa Majestade! Nos rios correm pepitas de ouro!".

Ele mostrará à Rainha todas essas madeiras desconhecidas, o guaiaco tão duro, a sumaúma com seu fruto estranho e fofo, o precioso *mahogany*[19] com tonalidade impecável, de textura tão suave, tão agradável de trabalhar...

Sem poder levar todas as frutas desconhecidas, vai desenhá-las: abacaxi, pinha, goiaba, mamão, com a polpa tão fresca...

Ele também vai desenhar todos esses animais desconhecidos: iguanas, peixes-boi, tartarugas marinhas gigantes... E todas as plantas desconhecidas: orquídeas misteriosas, palmeiras reais, filodendros invasores, samambaias gigantes...

Colombo enche seus navios com provisões, especiarias, plantas secas, penas, animais empalhados e até sete taínos,

19. Palavra taíno para mogno, que permaneceu no inglês.

incluindo Mani, o filho mais velho de Guakanagarik, a quem pretende apresentar à corte.

Ele deixa 39 homens sob os cuidados de Guakanagarik e parte com os demais nas duas caravelas restantes.

Sua despedida de Ixil é perturbadora. Este último, com sua habitual candura e sinceridade, abraça-o chorando:

—*Adiós, mi amigo querido...*

Nunca o Almirante tinha sentido esses sentimentos por um homem.

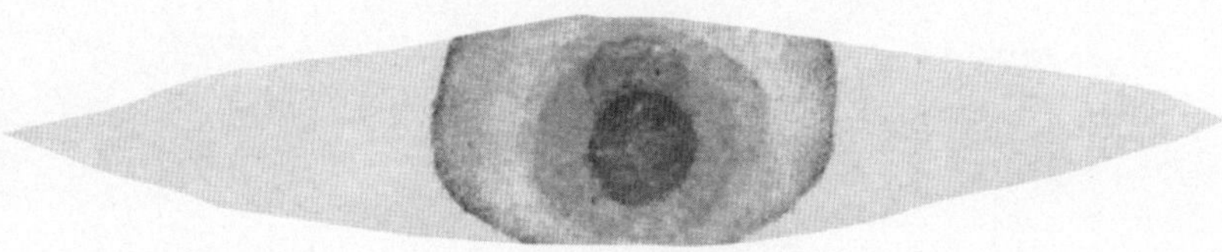

Numa madrugada de janeiro de 1493, com céu claro, Colombo se prepara para soltar as amarras. Na praia, centenas de taínos vêm se despedir dele e dezenas de guerreiros batem o tambor. Colombo se emociona com esses testemunhos de amizade...

No início ensurdecedora, a música se torna cada vez mais fraca à medida que ele relutantemente se afasta do Ayiti, a terra das montanhas altas. Porque se o paraíso na Terra existe, meu Deus! Deve ser ali...

Ele voltará — para Ixil e para conquistar o interior da ilha em nome de seu rei. Ele ouviu descrições sobre o cacicado de Maguana, um reino próspero onde o ouro desce das montanhas... Ele também ouviu falar do cacicado de Xaragua, muito povoado, dirigido por um irmão e uma irmã, uma mulher de beleza cativante... Flor de Ouro, *Ana Caona*. Diz-se que ela cativa seu público com sua beleza, com a graça de suas danças, a poesia de seus versos...

Alguns dias depois, ao amanhecer, eu os vi se afastando nas ondas, em suas canoas, com enormes velas brancas ornadas com uma cruz vermelha.

O casamento de Anacaona e Caonabo permite unir os cacicados de Maguana e Xaragua, criando o reino mais poderoso do Ayiti. O *areito* do casamento deles dura uma lua completa.

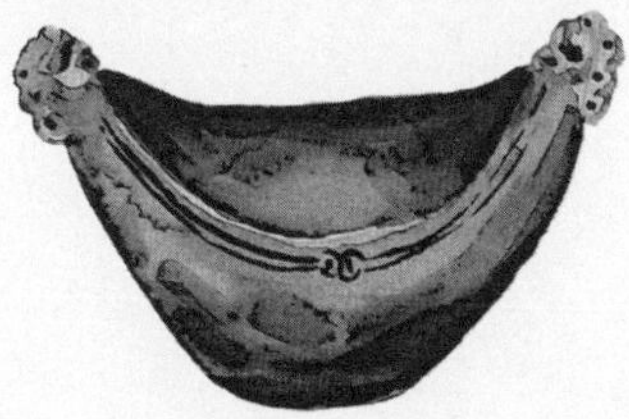

No dia do meu casamento, Caonabo usava um cocar extraordinário: pacientemente, sem me contar, ele tinha cruzado pássaros diferentes até obter penas de uma cor incrível.

Ele chegou, nobre, magnífico, ostentando seu cocar, um manto, o peito coberto por conchas, pérolas de Paraguachoa e pepitas de ouro.

Eu me apresentei diante daquele com quem compartilharia minha vida e ao lado de quem eu reinaria, vestida apenas de flores e ouro, para honrar meu nome, Ana Caona.

Caonabo se ajoelhou, beijou minhas mãos e me fez rainha.

Alguns meses depois, nossa filha, Higuemota, fruto do nosso amor, nasceu.

Os taínos são os homens e as mulheres do milho. Como poderia ser diferente diante desse cereal de múltiplos usos? Há milhares de anos eles o cultivam, domesticando-o pacientemente, selecionando e cruzando sementes. Eles conhecem todas as suas propriedades e qualidades.

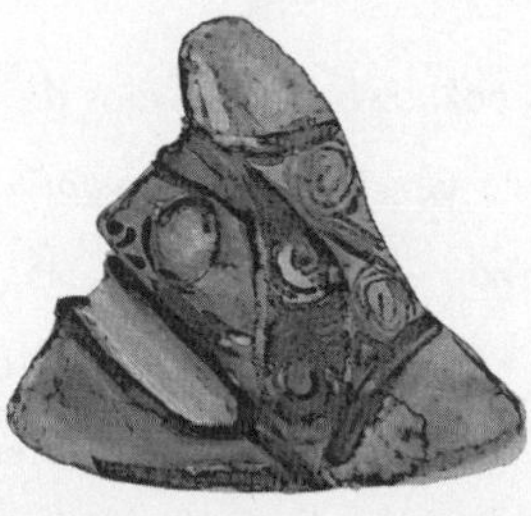

Esta manhã, fui inspecionar as roças das aldeias vizinhas. As espigas de milho subindo para o céu encheram meu coração de alegria e alívio diante da prosperidade futura.

Abóbora, milho, feijão: três plantas irmãs numa produção circular perfeita; três amigas inseparáveis, sempre cultivadas juntas — como Tibiri, Halinzin e eu.

Mabey, um nobre do reino, me convida para ir a sua maloca e me mostra sua nova criação belamente disposta num grande prato de cerâmica: uma espiga de milho multicolorido, de grãos tão brilhantes que parecem polidos como seixos. Noutro prato, ele me apresenta outras espigas: marrons, vermelhas, amarelas, laranja, rosa, azuis, verdes, multicoloridas... Elas são de tamanhos diferentes, e cada uma terá um uso diferente: uma será deliciosa para fazer tortillas, outra para guaro[20], outra ainda para farinha...

Caonabo prefere a yuca por seu valor simbólico. A yuca, venenosa quando crua, torna-se alimento graças ao tratamento milenar feito pelo povo taíno. Ralamos, extraímos o sumo e cozinhamos essa raiz para purificá-la e eliminar qualquer perigo. Com a massa obtida, fazemos farinha e casabe[21], que os guerreiros adoram comer.

Este ano, as colheitas serão boas.

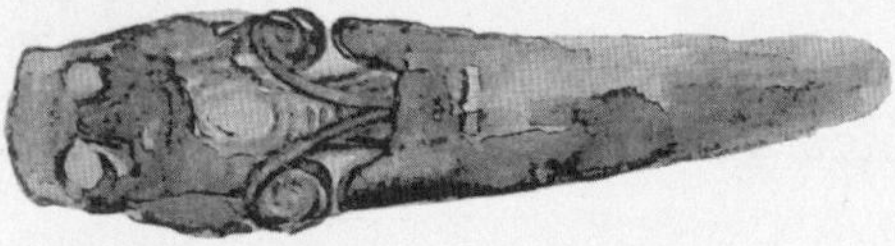

Nossos caçadores voltam com os braços cheios de patos, ainda encharcados.

Lembro-me da primeira vez que os acompanhei. Eu tinha cinco ou seis aninhos, e estava morrendo de curiosidade. Bohechio, segurando minha mão, explicou tudo para mim sussurrando no meu ouvido:

— Olha, irmãzinha... É um trabalho de paciência... Primeiro, os caçadores se posicionam a montante do rio e lançam cabaças na água. Eles permanecem escondidos por vários dias até as aves se acostumarem com os frutos vazios flutuando na frente deles. Aí, eles colocam uma cabaça vazia sobre a cabeça, mergulham na água e se deixam levar pela correnteza do rio, tirando a cabeça da água apenas para respirar... Acostumados à flutuação das cabaças por vários dias, os patos não fogem... Então os caçadores pegam os patos pelas pernas, assim! — imitou Bohechio.

20. Aguardente de milho.
21. Tapioca. Ainda hoje no Caribe a palavra *cassave* é usada para definir tapioca. Em inglês, cassava é a palavra que define mandioca.

O caçadores-nadadores estão com os patos apanhados. Sentados em círculo, eles pedem perdão às aves por terem interrompido a existência delas. Mas sua morte não será em vão e sua carne vai alimentar outras carnes. O ciclo da existência não é interrompido — a existência de um alimenta a do outro.

Geralmente, quando retornam à aldeia, os caçadores são aclamados, celebrados por sua habilidade, audácia e força... O mesmo ocorre com nossos mergulhadores. Esses homens com fôlego excepcional, capazes de permanecer uma eternidade debaixo d'água, voltaram há alguns dias, os braços carregados com búzios enormes, conchas diversas e algumas pérolas. Mas, hoje, eles passam quase despercebidos.

Por toda a ilha, em cada choupa, só se fala deles. Dos Guamikenas. Todos encontram desculpas para ir ao cacicado de Marien e observar com admiração as bugigangas que Cristóvão Colombo deixou para seu anfitrião. Aqueles que não vão anseiam por notícias dos que foram.

Guakanakarik, que há pouco tempo era um rei fraco, reconquistou seu prestígio. Ele enche o peito e se veste agora como os estrangeiros.

Desde que Cristóvão Colombo partiu deixando-os sozinhos no forte, os espanhóis se tornam grosseiros, brutos e gananciosos. Durante o dia, procuram ouro e se lançam feito aves de rapina sobre cada pepita que veem. À noite, procuram mulheres...

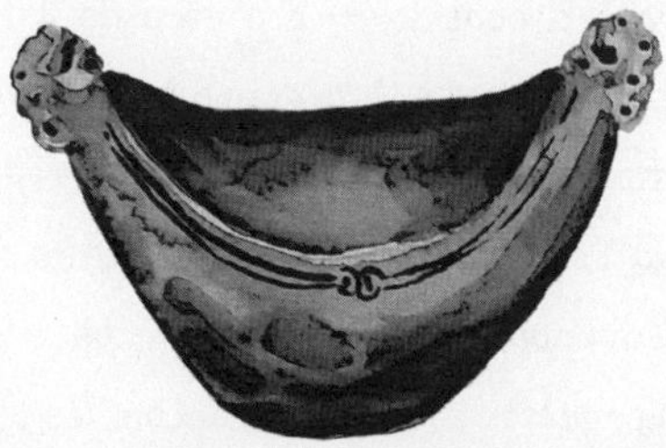

Decidi mobilizar novamente meu povo com um areito. Um areito onde daremos espaço para os jovens, para mostrar a eles quão fundamental é a arte de falar bem. Um areito espetacular, que durará vários dias. Um areito para lembrar quem somos, um areito para libertar a palavra, um areito para sublimar nossas pulsões, um areito purgação.

Vários dias antes, a aldeia se agita, canta. Todos estão ocupados, felizes desde já.

Enfim, ninguém mais pensa nos Guamikenas, eles estão longe, eles foram embora.

Somos nós mesmos de novo. Os corpos são pintados, os rostos são decorados, as joias se multiplicam — no nariz, nas orelhas, em várias partes do corpo...

No reino, minha amiga Halinzin é a melhor tatuadora. Ela mistura as cores — vermelho, preto, branco — e os padrões — muitas vezes geométricos, às vezes circulares — mas às vezes ela também desenha figuras animais. Ela transforma nossos corpos em arte viva e, às vezes, também os usa para contar à sua maneira a história de nossos caciques, de nossos guerreiros, de nossos heróis.

Celebraremos os últimos nascimentos, os últimos casamentos. Comeremos e beberemos por vários dias, e para isso vamos preparar carnes, peixes, frutos do mar, frutas, guaro, tabacu. Nos enfrentaremos no batu, lutaremos. Vamos cantar, dançar, tocar e recitar poemas.

Eu criei um poema para a ocasião — e o escondo até o último momento. Ele conta a epopeia de Cariocatex, o pequeno kalinago errante numa canoa depois de uma tempestade, recolhido por um xamã de Maguana. Ao demonstrar tantas vezes sua coragem e lealdade à cultura taíno, ele se tornou Caonabo, o valente Caonabo, digno de se casar com a grande Anacaona...

Usarei chocalhos nos pulsos e tornozelos decorados com longas fitas, para escondê-los. Caminharei com leveza, acompanhada de guizos invisíveis...

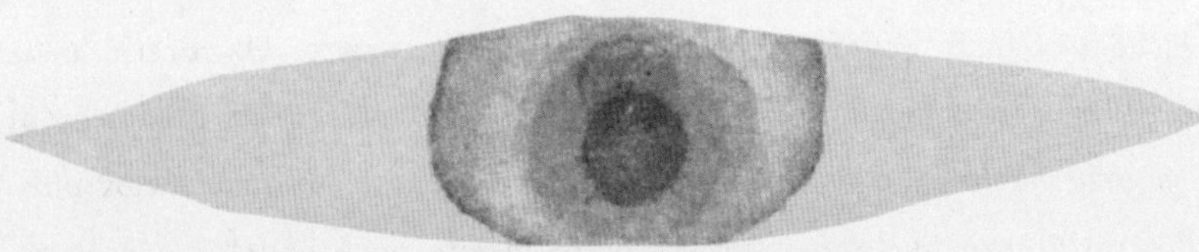

Os jogadores de batu usam uma máscara de braço, que tem forma de rosto. Caonabo também usa um yuke, um cinto cerimonial. O dele é feito de corda trançada e pedra gravada com símbolos; o de Mabey é de madeira.

A bola salta secamente sobre os corpos. Os gritos logo começam a ser ouvidos.

Caonabo é um homem que impõe respeito com sua presença, seu temperamento sanguíneo, seu código de honra. Ele tirou seu cocar e confiou-o a mim, depois se juntou à sua equipe.

Eu olho para ele — focado, determinado, ousado, sempre em movimento. Ele joga para ganhar, e fica chateado a cada ponto que perde. Ele bate na bola com a cabeça, o peito, o ombro, a coxa, a panturrilha... Grandes jogadores como ele tocam a bola com o yuke, lançando-a para trás com a parte inferior das costas, e para frente com o quadril...

Caonabo transpira, seu rosto brilha de suor e sua franja e os cabelos longos na nuca se encharcam. Seus músculos estão tensos de tanto esforço.

Por um instante, não vejo mais a bola nem os jogadores, vejo apenas o corpo dele... Meu espírito voa.

Ontem, Caonabo me flagrou com meu zemi, massageando meus pés — algo que venho fazendo há muito tempo em segredo. Não que seja proibido, porque cada um tem a relação que quiser com seus zemis. Mas meu zemi e eu temos uma relação exclusiva, carnal, até.

Esse zemi de pedra, com três pontas, estava enterrado perto do rio, e apenas uma ponta, grossa e polida, aparecia. Eu descobri, quando tinha uns doze anos, o prazer que ele podia me oferecer quando eu o acariciava com os pés — pressionando com mais ou menos intensidade a planta do pé, o dedão, o calcanhar... Um dia, acabei por desenterrá-lo e o levei comigo para a minha maloca. Todos esses anos, eu me massageei sozinha.

Até esta manhã, quando vi Caonabo, perto do rio, com meu zemi nas mãos.

— Deite-se...

Me deitei de barriga para baixo, o corpo ainda molhado, os braços dobrados, uma bochecha descansando sobre as mãos. Caonabo delicadamente pressionou o zemi nas minhas costas, rolando suas três pontas uma após a outra ao longo da minha coluna.

— Ai! Não, mais para baixo, um pouco mais para baixo... Sim, aí!

Cautelosamente, ele pressionou cada vez mais forte... Na ponta do zemi, onde ele apertou, me senti como um sol radiante, as tensões dos meus músculos escapavam como raios.

— Relaxe, minha flor...

Ele então rolou o zemi sobre meus ombros, subiu até minha nuca, massageou meu crânio.

Eu me entreguei nas mãos de Caonabo e do zemi — querido zemi! — num estado de total bem-estar.

— Ah! Como a vida é doce...

Gritos me despertam do meu devaneio. Mabey deixou a bola cair, o time perdeu.

O *batu* é liberação de todas as tensões. Pó marrom na pele marrom, a terra do chão empoeira o corpo, o rosto, o cabelo dos jogadores.

Nós comemos, nós bebemos ...

A carne do papagaio grelhado deixa na boca um sabor de frutas — uma delícia...

Um torpor doce toma conta da aldeia... Manicaotex, um bonito rapaz, filho de outra mulher de Caonabo, levanta-se. Ele grita:

— Vamos brincar! Quem sou eu...

Ele desenhou uma cruz no chão e se prostrou na frente dela, gritando "Senhor, Senhor!", revirando os olhos para o céu, juntando as mãos e fazendo expressões faciais grotescas. Alguns começam a rir discretamente. Uma criança gritou:

— Os guamikenas!

— Ganhou! — respondeu Manicaotex com um grande sorriso.

Então ele pega uma folha de mamão, assoa o nariz ruidosamente nela e olha para as secreções dizendo:

— Meu tesouro... Não posso perdê-lo... Vou colocá-lo no meu bolso!

Dobra a folha como se fosse uma preciosidade, e finge colocá-la no bolso, como os espanhóis fazem com seus belos lenços de algodão branco. Dessa vez, toda a plateia ri.

Depois ele se aproxima de Caonabo, fazendo boca e olhos de peixe:

— Ooooh... É brilhante, que lindo! Caona? Eu quero caona, toda sua caona, me dê seu ouro! Ouro, eu quero ouro, mais ouro!

Caonabo não costuma brincar de palhaço, mas dessa vez cai na gargalhada e entra no jogo também.

Vai buscar uma bola de batu e a joga violentamente para a frente. A bola quica de volta em seu ombro, então ele se ajoelha e une as mãos:

— Virgem Maria Mãe de Deus... Uma bola animada? Satanás ... O Demônio está preso nela e quer sair... Ajude-me, minha Virgem Maria!

E faz o sinal da cruz, como os espanhóis fazem a todo momento. Fez mais uma vez, depois mais outra. Faz o sinal com as duas mãos, cada vez mais rápido, implorando a todas as Virgens Marias das terras e dos oceanos. Como é bom ver Caonabo relaxado! Que engraçado!

Todos riem alto e começam a imitar os espanhóis — um, rapidamente, pega um pedaço de carvão e marca o rosto com pequenos pontos, outro coloca sujeira no cabelo e esfrega a cabeça até fazer um emaranhado de nós... Nossas brincadeiras duraram a noite toda.

A alegria tinha voltado entre nós.

Os buhitios passaram os cachimbos.

O tabacu pode levar a alma a outros mundos e os xamãs nos guiam para encontrar a conexão com o sagrado e vislumbrar outra realidade. Algumas variedades de tabacu expurgam o corpo, preparando-o para uma elevação da alma, purificando-o de todas as impurezas.

Naquela noite, a última noite do nosso espetacular areito, fumei a variedade de tabacu que reservamos para ler as estrelas. Para amplificar o efeito, coloquei o cachimbo diretamente no nariz e inalei várias vezes, engolindo a fumaça. Minha jornada foi acompanhada pelo som do chacoalhar de maracas, de conchas sendo sopradas — um som grave e penetrante que sempre me provocou arrepios, fazendo-me viajar para longe, no espaço e no tempo, para perto dos nossos antepassados aruaques...

Fiquei mais leve... Meu corpo permaneceu na Terra enquanto eu viajava. Consegui me comunicar com os espíritos, mergulhada num estado sereno e alterado, ultraconsciente e inconsciente. Meus pensamentos estavam confusos... As malocas estavam de cabeça para baixo, os homens caminhavam com os pés virados para o céu... Então olhei para as estrelas e meus pensamentos ficaram claros...

No dia seguinte fomos ao rio. O suor tinha borrado as tatuagens dos nossos corpos-objetos, as cores tinham se misturado. Esfregamos o corpo vigorosamente com areia e saímos novos.

Todo o dia, tentei interpretar meus sonhos. Dois mundos estavam misturados, híbridos. O nosso e o deles.

A presença deles altera nosso cotidiano, revira nossa cosmogonia. Homens pálidos já estavam presentes em nossos mitos. Nós pressentíamos que havia outros homens além dos oceanos — além dos kalinagos e dos maias — mas dessa vez a intrusão deles é perturbadora porque nunca homens tinham ficado tanto tempo em nossa terra, nunca homens tinham exigido tanto.

Nossas relações com estrangeiros limitavam-se a trocas de mercadorias — as contas deles pelas nossas redes, as conchas deles por nossas bolas de batu — ou trocas violentas — eles chegavam, guerreavam, matavam, mas sempre iam embora.

Por que eles ficam? Dois modos de vida tão diferentes podem coexistir?

Não há nada a temer. Vivemos bem com os kalinagos — às vezes com dificuldade, não há dúvida, mas me convenço de que acontecerá o mesmo com esses irmãos.

Naquela época, eu não sabia que os espanhóis matutavam um plano completamente diferente.

A morte de Ozama me afetou.

A garotinha, filha de um nobre nitaíno de uma aldeia aninhada às margens do lago Daiguani, sempre foi frágil e em poucos dias foi varrida por um estranho mal. A doença dela nos assustou. Ela vomitou por dois dias, sem parar. Depois, seu corpo ficou coberto de feridas. Pústulas fedidas, que vazavam. Nós a vigiamos, colocando nossas mãos em sua testa, em seu corpo ardente, para transmitir a ela nossa força, nosso desejo de vida.

Não deu certo. A pequena Ozama, flor da nossa ilha, sol de seus pais, morreu alguns dias depois.

Chilam, o xamã, mantém abstinência. Ele quer entender a morte de Ozama.

Ele se tranca em uma maloca isolada e se alimenta apenas de suco de *yuca*. Ele se força a vomitar com uma espátula que ele mesmo esculpiu em um pedaço de *mahogany*, enfiando-a até o fundo da garganta.

Depois de vários dias, purificado, ele será capaz de ver coisas e falar com os espíritos, numa comunicação interdimensional.

Ele mesmo preparou o pó alucinógeno de *cohoba*, moendo sementes secas num pilão, e depois colocou-o no topo de um *zemi* antropomórfico, que tem a cabeça oca como uma tigela justamente para este propósito.

Ele esculpiu com esmero um inalador, uma espécie de flauta dupla em forma de Y, em um osso de manati.

A *cohoba*[22], cerimônia que reúne o corpo e a mente, o homem e o sobrenatural, o vivo e o além, pode começar.

22. Cohoba pode ser tanto a cerimônia como a planta cerimonial. É um tipo de angico, e com suas sementes se faz um pó para cheirar que produz estados alterados de consciência.

O silêncio reina.

Chilam coloca o inalador sob o nariz, uma ponta sob cada narina, e se inclina para a cohoba. Ele a aspira ruidosa e longamente.

De repente, ele se endireita. Seus olhos reviram e ficam completamente brancos. Emagrecido pelo jejum, todos os seus ossos se destacam — as costelas, a coluna vertebral. Seu corpo treme, abalado por espasmos, costas e pernas endurecem como pedaços de madeira, seu sexo se levanta.

O buhitio está pronto para dialogar com os outros além de nós.

Quando ele começa a cantar, os nitaínos podem, por sua vez, inalar a cohoba.

Às vezes também o buhitio senta-se no duho, que o transporta em sua viagem de êxtase.

Eu nunca pratiquei o ritual da cohoba, não me sinto pronta. Talvez mais tarde. A longa espátula que os iniciados afundam na garganta me assusta tanto quanto me fascina.

Caonabo, por sua vez, adora esse ritual. Será que foi iniciado precocemente pelo buhitio que o criou? Ele aspira a cohoba longamente, com o rosto inclinado. O montinho de pó no zemi desaparece em ambas as narinas. Seu rosto está irreconhecível, contorcido. Sua feiura me assusta...

Prefiro o tabacu, mais suave, menos extremo. Eu provavelmente voo menos longe do que aqueles que inalam a cohoba, mas, afinal, estou bem onde estou — na minha terra do Ayiti.

O que adoro no tabacu são as formigas que ele traz nas pontas dos dedos, a sensibilidade em todos os pequenos pontos da língua, a leveza nos braços e nas pernas, e as ideias que surgem, se agitam, brilham e explodem no cérebro...

Chilam consultou os oráculos: a próxima colheita será boa. Mas ele me confiou: seu sonho era coberto do começo ao fim por um véu vermelho...

Confesso ter admirado secretamente, no início, os espanhóis e suas técnicas avançadas, suas armas tão ruidosas, seu domínio do metal...

Mas logo percebi suas contradições. Eles alegam que mostrar os seios e andar nus como nós é obsceno. Mas não são eles obscenos ao querer constantemente possuir nossas filhas e mulheres pela violência, como animais no cio? Quem é o indecente?

Os guamikenas-barbudos vieram saquear. Eles estão espalhando o terror em nossa terra pacífica.

Eles são uma ameaça porque não respeitam nada.

Mortes inexplicáveis se repetem. Depois de Ozama, é a mãe dela que é afetada pelo mesmo mal misterioso e morre sentindo uma dor excruciante.

Depois é a vez de Yayabo, Icagua, Guanabax, Chacuey, Ibitracoa, Nizao, Urabanex, Nibagua, nas aldeias de Marien, Maguana, Xaragua...

Muitos de nós acreditam que foram os espanhóis que trouxeram essas doenças com eles.

— Eles devem ir embora!

Anacaona está fervendo de raiva. Ela reúne todos os seus guerreiros e os *nitaínos* de sua corte. Cerrando o punho, erguendo a cabeça, ela proclama:

— Guakanagarik é apenas um fraco que se curva diante dos Homens-Vestidos... Durante o dia, ele se pavoneia nas roupas deles; à noite, fica bêbado com eles... Agora ele não passa de uma sombra dele mesmo. Seu reino inteiro está perdido...

— Chega, já deu! — Caonabo acrescenta, empunhando seu arco. É preciso expulsar esses estrangeiros!

Em novembro de 1493, Anacaona, Caonabo e Bohechio reúnem seus exércitos. Os guerreiros taínos, untados com gordura animal, esfregam seus corpos com cinzas para se tornar invisíveis como a noite. São milhares, armados com arcos e flechas, para atacar o forte da Navidad.

Eles facilmente o destroem e impiedosamente matam todos os espanhóis que estavam no edifício.

Depois de nossa batalha vitoriosa, voltei para nossas montanhas, mais perto do céu. Lá de cima, vi o forte reduzido a cinzas, a fumaça escura e espessa subindo para as nuvens.

Não sobrou ninguém. Não há mais guamikenas.

A vida pode voltar a ser como era antes...

A TRAGÉDIA

O objetivo dos espanhóis era estabelecer uma colônia e se instalar nessa terra como se estivessem em casa.
Não foi uma descoberta.
Foi uma invasão.

Colombo voltou para a Espanha triunfante, oito meses após sua modesta partida. Estamos em março de 1493. Ele apresenta aos reis "seus índios", nus, pintados e emplumados — o que causa sensação.

Mani, o filho mais velho de Guakanagarik, faz parte dessa "amostra". Torna-se afilhado da rainha Isabel, é batizado e feito cavalheiro.

Ele apresenta à rainha o *tabacu*, o cachimbo usado por seu povo para fumar ervas, às vezes sagradas, às vezes medicinais. Lembra, sorrindo consigo mesmo, a experiência de seu protetor Colombo, as palavras sem pé nem cabeça que ele falara, o rosto erguido para o Céu... Mani e seu irmão Ixil o haviam carregado e deitado na *hamaca*. O *tabacu* fez bem ao amigo deles...

A rainha Isabel também sucumbirá às delícias do cachimbo e logo os europeus mastigarão, fumarão, mascarão e respirarão essa erva que vão chamar de tabaco.

A viagem foi transformadora para Mani, que agora só quer ser chamado por seu nome espanhol, dom Bernardo de Aragão. Quando ele foi apresentado à rainha, sem pinturas no corpo, vestindo uma tanga taíno e com um dos cocares de seu pai, sentiu vergonha. Primeiro, sentiu frio — depois se sentiu... nu.

Dali em diante, ele passa a usar uma camisa de algodão fino, um calção, um manto azul como a noite e bordado com fios dourados, igual ao de seu protetor. É pesado, esse manto — tem o peso de toda a nobreza e superioridade espanholas.

Quando Mani o vestiu pela primeira vez, sentiu-se outro homem. Seu nome é dom Bernardo, ele usa um manto de veludo, come com talheres e reza a Deus. Sente que nasceu uma segunda vez, que está vivendo outra vida. Ele abandonou a pele taíno.

Ele pratica o espanhol para perder o sotaque. Tem dificuldades para pronunciar o zê e o jota. Mas Mani é talentoso e perseverante.

No entanto, seus olhos, seus lábios, seu corpo e sua pele — essa maldita cor de pele — o distinguem facilmente. Ele vê que os espanhóis têm um fenótipo diferente, uma cor mais pálida. Sua cor escura imediatamente o identifica como um Outro. Ele pode ser chamado de dom Bernardo de Aragão, mas não é igual aos outros *hidalgos*. Vivem lhe perguntando: "De onde você é?".

Ele faz tudo o que pode para se tornar espanhol, mas sempre é reenviado às suas origens. E suas origens são inferiores: ele sabe disso, ele vem de um mundo, de uma cultura, de uma civilização inferiores. Como ele adoraria mudar essas origens!

Um dia, em segredo, diante de um desses magníficos espelhos com molduras douradas que os espanhóis sabem fazer tão bem, passou pó de arroz no rosto. Olhou para si mesmo por um longo tempo. E assim se amou.

Como combinado, Colombo recebe títulos e privilégios — mas ele quer mais. O orgulhoso Almirante sabe que descobriu um novo mundo e deseja que isso seja reconhecido.

Ele deve partir de novo, rapidamente, para garantir a conquista dessas novas terras — e, finalmente, chegar ao continente asiático.

Se para a primeira viagem ele teve problemas para recrutar marinheiros, agora eles fazem fila: todos querem ir para o tal Novo Mundo na esperança de fazer fortuna. Filhos caçulas sem chances de receber parte da herança, lavradores e bandidos das regiões mais pobres da Espanha. Homens determinados a aproveitar a chance — uma oportunidade que nunca terão em seu país. Homens que viajam sozinhos, contando apenas consigo mesmos.

Não é exatamente a fina flor da sociedade espanhola... Mas há também muitos cavalheiros da pequena nobreza espanhola, os *hidalgos*, que desejam empreender a viagem.

Mani acompanha Cristóvão Colombo nessa segunda travessia do Atlântico.

Ele ficou maravilhado com a cultura espanhola, aprofundou seu conhecimento das artes, da astronomia... Está ansioso para contar a seu pai, a seus amigos, a seu povo, sobre a Espanha. Os costumes, os avanços tecnológicos, os imensos palácios de pedra, Deus e sua música tão comovente...

Ele fez um amigo na Espanha — talvez seu único amigo de verdade. Pedro de Escobar, músico, cantor e compositor capaz de fazer sua voz e os instrumentos chorarem. Os *Requiéns*, os *Magnificats* e as canções polifônicas arrebataram o jovem taíno...

No navio, Mani pega sua pequena flauta ocarina nas mãos e a sopra suavemente. Uma saudade da sua terra natal o invade repentinamente...

Aos poucos, ele percebeu a falta de fraternidade entre os espanhóis. Viu a pobreza da população, as refeições miseráveis, as barracas precárias de barro — que não resistem à chuva mais fraca. Isso o fez sentir saudade de sua ilha, das malocas em que viveu toda a sua vida, com seus telhados de folhas de palmeira trançadas, que não deixam passar uma gota de água mesmo durante as chuvas mais fortes. Casas construídas coletivamente ao longo de vários dias, com alegria, cantando...

Ele viu a diferença entre as condições de vida dos nobres espanhóis e as do restante da população. Onde nasceu, no Ayiti, as casas de um *cacica*, de um *nitaíno* e de um camponês são praticamente idênticas, exceto por alguns detalhes — a choça do cacique tem um alpendre e fica mais perto do campo de *batu*. O cacique é servido primeiro nos banquetes — mas, no final, é a mesma carne assada na *barbacoa* e a mesma sopa picante que é servida a todos. Todo mundo joga *batu* junto, todo mundo se junta ao redor do *tabacu*.

Cada um desempenha um papel na organização social, mas não há relação de subordinação. O chefe não é todo-poderoso em relação aos outros. Não ocorreria a ninguém se apequenar diante dele, como fazem os espanhóis diante da rainha. O chefe taíno é generoso, altruísta, atencioso, não é autoritário e despótico.

É longe de sua terra que Mani, de repente, vê seu valor. É longe de seu povo que ele vê suas qualidades. O orgulho, mais uma vez, o invade. Ele se esquece momentaneamente de seu duplo, dom Bernardo de Aragão, e fica na proa do barco, observando o horizonte. Ele se tornou espanhol, mas também é taíno. Ele quer voltar para casa, depressa.

Ayiti...

Apesar de sua impaciência em ver as praias de Hispaniola novamente, Colombo não deixa de verificar, nessa segunda viagem, os relatos de Mani sobre a presença de outras ilhas ao sul e a leste de Hispaniola, povoadas pelos famosos kalinagos, que seriam canibais e são inimigos jurados dos taínos.

Ele faz um desvio para as Pequenas Antilhas, e ancora rapidamente em todas essas novas terras que renomeia freneticamente: Dominica, Maria Galante, La Désirade, Saint-Martin...

Ele para um dia na ilha de Karukera[23] e encontra seus habitantes pela primeira vez. Dá à ilha o nome de Guadalupe e prossegue com a tradicional troca de objetos com o chefe. E o que recebe de presente? Uma panela de ferro, que ele deixara em Hispaniola em sua primeira viagem...

Um ano depois, o objeto viajara mais de mil quilômetros...

23. Na língua kalinago, significa « ilha de belas águas ».

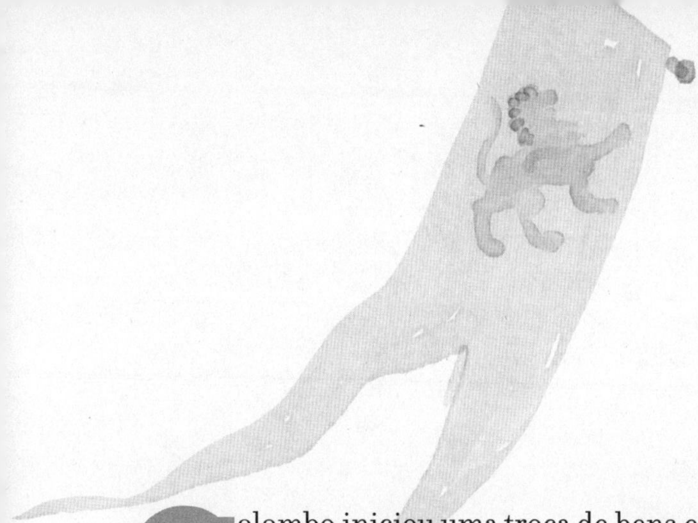

Colombo iniciou uma troca de bens e pessoas entre os dois hemisférios que causou profundas transformações biológicas e culturais em ambos os lados. Esse processo mais tarde foi chamado de intercâmbio colombiano.

Sem querer, os navios carregaram em seus porões, e os homens em seus corpos, bactérias, sementes, mosquitos, insetos, baratas, minhocas, ratos, mangustos... Uma variedade de espécies e microrganismos que rapidamente vão invadir e devastar a vida selvagem do Ayiti, até então preservada de contatos externos.

Além disso, a ausência de animais que pastam nas ilhas tornou a flora muito frágil e a fauna vulnerável à introdução de qualquer elemento não nativo. As populações de espécies importadas, sem predadores naturais, vão explodir muito depressa. Elas vão sufocar as espécies locais, e algumas se tornarão verdadeiras pragas.

Por fim, as zoonoses, doenças transmitidas de animais para humanos e desconhecidas até então, já que não se criavam animais no Caribe, espalham-se com a chegada de suínos domésticos.

A ordem natural está totalmente perturbada.

As sementes do desastre biológico são plantadas.

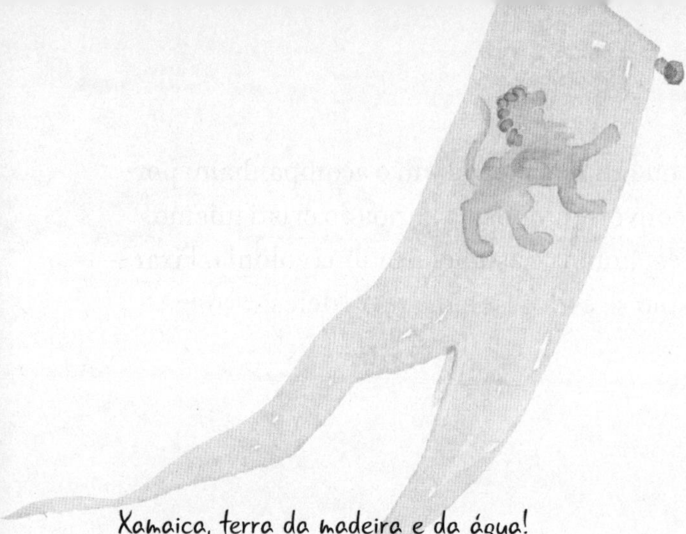

Xamaica, terra da madeira e da água!

Os pescadores partiram para lá em expedição para comerciar. A chegada de uma canoa após uma viagem de várias semanas por diversas ilhas é sempre aguardada ansiosamente.

Quais são as notícias, como vai o belo Ameyro, um dos caciques da Xamaica?

Mas não é disso que os pescadores falam. Onze luas após sua primeira partida, Cristóvão Colombo está de volta, precedido por sua reputação.

Os guamikenas estão chegando, e é a única coisa que parece importar.

Em novembro de 1493, Cristóvão Colombo retorna ao Ayiti — dessa vez com dezessete navios e 1500 homens. Traz cavalos, bois, porcos e cães de caça, mas também sementes de trigo, cana-de-açúcar, bananas e café de origem africana.

Quinze padres ou religiosos também o acompanham, porque é necessário converter todos os taínos ao cristianismo.

O objetivo dos espanhóis é estabelecer uma colônia. Fixar-se nessa terra como se estivessem na terra deles.

Não resta mais nada do forte da Navidad, e todos os espanhóis que estavam na ilha morreram.

Guakanagarik acreditava ser uma estratégia inteligente se aliar aos poderosos espanhóis para fortalecer seu poder. Ele pensou que assim se livraria dos kalinagos e que talvez até ofuscasse meu reino duplo, muito mais poderoso do que o dele.

Mas Guakanagarik não tinha previsto a raiva dos novos colonos, quando souberam do massacre do forte da Navidad.

Então, ele conta a Colombo a sua versão dos fatos: os espanhóis se mataram entre si, brigaram por mulheres, pensavam apenas no ouro, foram em busca dele e encontraram a resistência de Anacaona e Caonabo... Mas os espanhóis não se importam. Querem represálias imediatas.

Como exemplo, algumas dúzias de taínos são mutilados, outros, queimados. Guakanagarik, sem autoridade, abaixa a cabeça e aceita.

Ouvi dizer que Guakanagarik está em pânico. Ele "perdeu" os espanhóis, que agora se estabeleceram no reino do cacique Guarionex. Ele redobra a bajulação, obedece a todos os pedidos deles para tentar recuperar sua estima. Sem sucesso. Pelo que eu soube, o Almirante nem o recebe mais. Guakanagarik foi usado e jogado fora como uma velha pele de cobra.

Em janeiro de 1494, Colombo abandona o antigo local de Navidad e as terras de Guakanagarik. Ele cria uma nova cidade um pouco mais adiante, ainda na costa norte, mas dessa vez no reino de Magua, na confluência de dois rios, numa enseada aberta e dotada de um bom porto, ao que lhe parece. Ele dá ao primeiro assentamento permanente do Novo Mundo o nome La Isabela, em homenagem à rainha da Espanha.

Ele faz o que pode para organizar a colônia e colocar todos os *hidalgos* espanhóis para trabalhar: é preciso limpar, desmatar, criar hortas e roças, erguer muros de pedra, construir igrejas. Mas os recém-chegados estão furiosos: eles não vieram aqui para trabalhar! Vieram atrás do ouro!

Na realidade, duas concepções de colonização competem entre si: de um lado, a lealdade à Coroa, que se traduz em montanhas de ouro a serem enviadas para a metrópole. De outro, colonos aventureiros, que vieram explorar a terra em benefício próprio, com lucro e com máxima autonomia política.

Para esses últimos, enviar ouro para a Espanha está fora de questão.

Muito rapidamente, Colombo é atropelado pela lógica da colonização: a monopolização dos bens fundiários a todo custo, desafiando toda a moralidade ou decência. Ele até tenta promulgar leis para reestabelecer a ordem e impor o controle, o registro e o envio do ouro extraído para a Espanha... Mas não obtém sucesso.

Todos — *hidalgos*, simples marinheiros, bandidos, vamos agrupá-los sob o termo Conquistadores — empreenderam a viagem para ficar ricos.

Ricos! Porque o dinheiro consegue tudo, bens materiais e imateriais — respeito, títulos de nobreza...

Todos os valores estão submetidos ao dinheiro.

Tudo pode ser obtido com dinheiro, tudo deve ser obtido pelo dinheiro.

Alguns meses depois, um incêndio devasta La Isabela.

A cidade será gradualmente abandonada: o local não é adequado porque a região tem pouca água potável, é varrida por ventos fortes e, além disso, a ancoragem para navios não é tão favorável como Colombo pensara.

Em suma, Colombo não é um bom intendente.

Mais à vontade como descobridor, em seu navio, do que como governador, ele decide que chegou a hora de descobrir o resto da ilha.

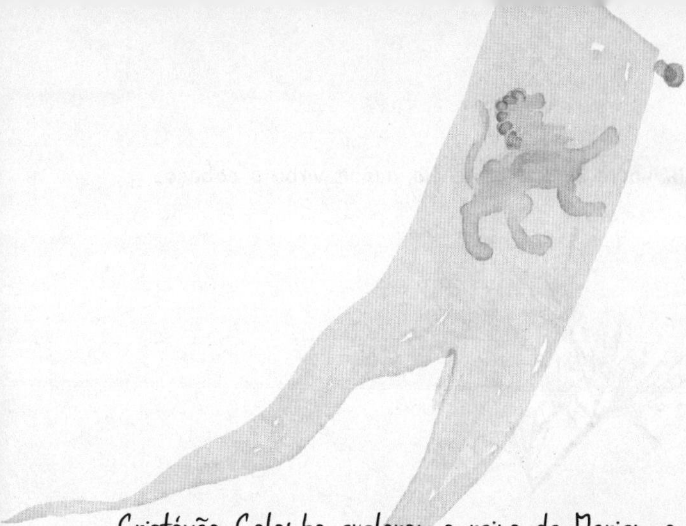

Cristóvão Colombo explorou o reino de Marien, o de Magua, e agora está explorando o sul do Ayiti. Ele está nas minhas terras, as terras de Xaragua.

Finalmente, eu conheci o famoso Almirante, e ele nos convidou, Caonabo e eu, para ir ao seu barco. Ele acenou para mim e tocou a borda de seu chapéu.

— Senhora...

Ele deu um violão a Caonabo. Dei-lhe uma máscara de madeira e ouro. Ele virou-se para Caonabo e agradeceu.

Ele se dirigiu a Caonabo, dizendo que queria nosso ouro, nosso algodão, nossa comida — em resumo, todas as nossas riquezas.

— Em troca de quê? — perguntei-lhe, interrompendo-o.

Ele me encarou, surpreso, e pousou seus olhos avermelhados e lavados sobre mim. Eu disse ao seu intérprete:

— Traduza!

O intérprete traduziu. Colombo respondeu calmamente a Caonabo:

— Em troca de Deus.

E então entregou-lhe uma cruz.

— Receba a Santa Cruz, pela qual Jesus Cristo redimiu os homens de seus pecados e salvou a humanidade.

Intervim intempestivamente, cansada de ser invisível:

—Troco três de nossas melhores canoas por uma de suas armas!

Ele olhou para mim novamente, em silêncio, depois virou a cabeça.

No caminho de volta, Caonabo riu da minha impetuosidade.

— Não era eu o fogoso, o ousado? Será que eu influencio você, minha linda?

Eu falei abertamente a Caonabo sobre a desagradável impressão que aquele homem me causou. O olhar que ele lançou sobre mim — como se eu fosse transparente. Como se eu não estivesse no meu lugar. Ou melhor, como se meu lugar fosse à sombra de Caonabo, retraída.

E os olhares lascivos dos marinheiros, meio de lado... Tive vontade de esmagá-los todos a cacetadas. Mas sendo a hospitalidade sagrada para nós, uma lua mais tarde o convidamos para nossa casa em Yaguana, e lhe oferecemos um suntuoso areito.

Discutiremos suas exigências tolas mais tarde.

Colombo deixa Hispaniola em abril de 1494 para visitar as ilhas próximas e chega até a Venezuela. Ele volta alguns meses depois, doente e deprimido, vítima de uma "sonolência pestilenta" que o mantém na cama por vários meses. Mas Colombo não é o único que adoece...

A primeira epidemia se espalhou já em 1493. Os taínos do Caribe não têm mecanismos de defesa contra os bilhões de bactérias e micróbios que habitam o corpo de Colombo e dos Conquistadores. Eles não são imunes à coqueluche, ao sarampo, à varíola, ao tifo, à gripe...

Essa deficiência imunológica é fatal para eles. As epidemias começam na costa, se espalham de aldeia em aldeia e chegam ao interior. Elas viajam mais rápido que os europeus: mesmo os taínos nos lugares mais remotos, que nunca viram europeus, sucumbem.

Em apenas alguns meses, dezenas de milhares de pessoas são afetadas.

A arma bacteriológica será a mais eficaz de todas.

Os taínos serão dizimados.

Ramón Pané, um monge da ordem de São Jerônimo que fez parte da segunda expedição de Colombo, destaca-se dos outros. Ele é o primeiro missionário da ilha de Hispaniola a aprender várias línguas indígenas, incluindo o taíno e o macorix. É um dos primeiros a se aventurar no interior da ilha — enquanto seus compatriotas, pelo menos inicialmente, permanecem na costa.

Ele passa vários meses com Guarionex, o grande cacique de Magua.

No início, ele tenta explicar aos índios quem é Deus. Ensina-lhes algumas orações, o sinal da cruz, que eles reproduzem fácil e entusiasticamente. Mas logo abandona esse projeto e embarca noutro: a descrição da vida espiritual taíno, que ele tem diante de seus olhos e que sente que não sobreviverá por muito tempo.

Não consideramos mais espanhol esse estranho monge vestido com um saco de farinha que o cobre da cabeça aos pés. Ele vem e vai entre nós, com seu sotaque estranho e perguntas urgentes, "Por quê?", "Por que fazem isso?", ele sempre pergunta.

Para nós, são questões sem importância. "Fazer" não é importante. Preferimos o saber. Como saber?

Ele nos segue durante os areitos; nos segue em nossas cabanas, em nossas roças; ele até participou de uma cerimônia de cohoba. Perpétua e febrilmente rabiscando sobre grandes folhas brancas. "Eu tenho que anotar!", ele repete. O que será que ele anota?

Esses zemis são fascinantes... Eles têm várias formas e funções. São feitos de pedra, de madeira, de conchas, às vezes são antropomórficos, outras vezes zoomórficos, e às vezes nada disso — nesse caso é que eu tenho mais dificuldade em entender... Para que servem, não sei... Eles são usados para muitas coisas: os taínos enterram-nos na entrada de suas casas ou nas roças, usam-nos para ajudar as mulheres a darem à luz, usam-nos como urnas funerárias, penduram-nos no teto de suas cabañas... Eles também às vezes chamam de zemis suas tatuagens corporais, seus desenhos nas cavernas... Mas também vi zemis que pareciam inúteis... Às vezes me parece que são simples objetos com os quais os Índios têm uma relação afetiva (eu ainda vou ter que perguntar-lhes sobre isso...)

É arte, religião, política, medicina? É tudo de uma vez... A realidade deles me escapa... Ah! Tenho que explicar àqueles que não viram... Mas como posso explicar algo que não consigo entender?

... É necessário que... Vou dizer as coisas como eu as vejo e ouço, mesmo que o sentido me escape... Colocarei minhas anotações em ordem mais tarde... É fascinante... Fascinante e confuso, meu Deus!

Diabo desse espanhol, diabo desse latim! E o catalão tampouco me serve. Como posso transcrever essa realidade quando nossas línguas só me disponibilizam palavras que são inapropriadas para descrevê-la? Minhas palavras europeias não podem explicar essa maneira diferente de pensar, essas crenças tão distantes das nossas...

Acreditam eles em Deus? Cristóvão repete que os taínos não têm religião. Eu não tenho certeza disso: certamente o Deus deles não tem nada das divindades do politeísmo e muito menos do Deus do monoteísmo... Mas entendo que eles têm uma espécie de ser supremo inativo, que teria agido na época do Mito criador, mas que no presente não pode fazer nada que afete as coisas humanas — ao contrário dos zemis que, estes sim, podem: são poderosos e cheios de energia espiritual, são intangíveis, são concretos, são o elo com os ancestrais, estão em toda parte e em lugar nenhum!

Ah! Eu senti uma vibração... Sim, o mundo dos zemis vibra durante as cerimônias...

O cacique inalou a cohoba. Ele delira, está em transe, parece ter visões alucinatórias terríveis — ele arregala os olhos, abre a boca, faz caretas, se curva, parece convulsionar, retesar-se... Ele... Jesus Maria José...

Ele fala de opia... Opia? Ah, são os mortos... Os zemis também podem enganar-nos, fingindo-se de seres vivos... De dia os mortos ficam em seu mundo, que eles chamam de Coaybay, que é muito perto daqui, mas à noite, eles caminham, festejam e se misturam com os vivos. Para saber se é um morto ou um vivo, você tem que olhar para... (Eu não entendi. Ele me mostra uma coisa, o ventre, o umbigo?) Sim, isso mesmo, para distinguir os mortos dos vivos, você tem que olhar se a pessoa tem umbigo! Se ela não tem, é uma pessoa morta, uma opia, disfarçada. Às vezes, o vivo é enganado: ele tenta abraçar o homem ou a mulher, mas seus braços encontram o vazio. A opia se foi. Os taínos riem alto dessa história — sim, é claro, o vivo foi enganado, enganado pela opia!

Ah, meu Deus, falta papel, não me lembrarei depois, tenho que escrever mais...

Tudo mudará com o projeto de evangelização em larga escala. Não bastará ver e ouvir — será preciso interromper, intervir, converter. Os próximos missionários que chegarão a Hispaniola, incluindo o famoso Bartolomeu de las Casas, colocarão em ordem as notas confusas de Ramón Pané. Eles interpretarão a civilização taíno a partir das próprias referências — monoteísmo e idolatria pagã da Antiguidade, que são seus únicos parâmetros. Eles sobreporão os valores, os conceitos e o vocabulário cristãos ao universo taíno: trata-se necessariamente de deuses, orações, ídolos, devoções, procissões, imortalidade, templos...

Toda a complexidade da espiritualidade taíno, esse desafio multidimensional à nossa forma de raciocínio, essa imbricação entre a vida interior e a externa, entre os pensamentos e a realidade, entre o mundo dos vivos e dos mortos, será censurada.

Os espanhóis travarão uma batalha feroz contra os zemis para destruí-los. Os taínos os esconderão na floresta, em cavernas, ou os enterrarão .

O zemi é nossa ligação com nossos ancestrais. Ele não pode desaparecer.

Os taínos, hospitaleiros no início, estão ficando cansados de sustentar os espanhóis. Os gorros, os vidros, os sinos e outros objetos europeus os divertiram no começo. Eles acreditam ter respeitado o acolhimento devido a todo visitante estrangeiro. Mas a "visita" dos espanhóis se torna longa demais. A contrapartida é muito pesada.

Todos os caciques de Hispaniola devem pagar aos espanhóis um tributo[24] em ouro. Mas são quantidades completamente irracionais. Mesmo reduzindo-as pela metade, os taínos não conseguem reuni-las...

Os Conquistadores implementam o trabalho forçado, com o sistema de *encomienda* — a distribuição de nativos aos colonos. Os taínos são agrupados às centenas sob a autoridade de um capataz, e trabalham sem remuneração na construção de cidades, nas minas e nas roças.

Os Conquistadores, agora se sentindo em casa, oferecem aos taínos duas opções: submeter-se voluntariamente, e se tornar servo, ou ser submetido à força, tornando-se escravo.

Em ambos os casos, eles são submetidos.

24. Tributo que a Coroa espanhola impõe que o povo taíno pague em sinal de submissão e dependência.

Com que direito? Com que direito nos obrigam a trabalhar para eles?

Os guamikenas são ladrões e assassinos que tentam se apropriar do que não é deles por todos os meios.

No entanto, algo sobre os espanhóis avassala Anacaona. É como uma onda avançando, impossível de reprimir. Ela se sente presa em uma enorme teia de aranha da qual não consegue sair. Ela não consegue entendê-los, nem se fazer entender, nem falar com eles.

Quando os colonos se ofereceram para libertar alguns *nitaínos* do trabalho forçado, ela concordou espontaneamente. E se culpou terrivelmente depois: nunca antes os taínos haviam criado tais diferenças entre si — entre homens e mulheres, entre nobres e súditos — entre os taínos de Marien e Maguana. Anacaona nunca governou assim, tão injustamente.

O que diria seu pai, Concatecua? O que diria sua mãe, *bibi*?

É tarde demais. A separação entre taínos se insinua perversamente. Anacaona está encurralada.

Sempre que visitam as aldeias e as cidades, os missionários deixam cruzes ou imagens sacras para os nativos.

Um dia, um deles surpreende um taíno pegando uma dessas imagens — uma pintura da Virgem Maria carregando Jesus Menino — e fugindo com ela. Ele o segue discretamente, e vê o taíno enterrá-la num lugar isolado e depois urinar sobre ela.

Que insulto!

Colombo, imediatamente informado, queima publicamente o taíno culpado, desenterra a imagem e a coloca na entrada da aldeia, apoiada numa grande rocha em plena vista de todos. Como retaliação, o *nitaíno* mata quatro colonos e reduz a imagem a pedaços. Re-retaliação cristã: os espanhóis queimam toda a aldeia e enforcam o *nitaíno*.

Muitos dos meus irmãos e irmãs dão a essas imagens e cruzes que invadiram nossa ilha o mesmo destino que aos zemis: eles as escondem em cavernas ou enterram-nas pronunciando frases sagradas para protegê-las.

Tudo é um grande mal-entendido: para os colonos, enterrar a imagem é um gesto de desprezo, até mesmo de revolta. Para os taínos, ao contrário, enterrar uma imagem é quase considerá-la um *zemi*.

Esse gesto pode ser visto como uma tentativa sincrética de integrar a cultura cristã à cultura taíno. E é desenterrar a imagem *zemi* que é percebido como um gesto de hostilidade...

Mesmo quando colonos e taínos tentam viver juntos, não dá certo.

Os colonos nos forçam a obedecer a leis que não fazem sentido para nós. Eles aprisionam animais em cercados. Eles nos forçam a buscar ouro no leito dos rios ou nas entranhas da Terra — mas para quê? Já não temos o suficiente? Eles não respeitam nossos zemis. Eles nos forçam a orar ao seu único Deus — enquanto nós vemos em tudo um reflexo dos deuses. Eles nos dividem.

Éramos diferentes, eu sempre soube disso, mas eu acreditava que um respeito mútuo nos ligava. Cada um recebera o outro cordialmente. Para vivermos juntos, não devemos aceitar um ao outro e respeitar as tradições e costumes uns dos outros?

Mas viver juntos não era o objetivo deles.

Eles são predadores — querem tomar, tomar cada vez mais, sem se preocupar conosco. Por trás da faceta da cristianização, vejo neles o desejo desenfreado de enriquecimento. De exploração absoluta.

O buhitio Chilam sempre foi impressionante. Assustador, mesmo. Fazia alguns dias que mantinha um ar misterioso, que o víamos desaparecendo na floresta com oferendas e depois reaparecendo, murmurando palavras incompreensíveis.

Uma manhã, ele apareceu gritando:

— Esta noite, a lua sangrará!

Durante todo o dia ele nos assustou, chegando por trás de nós sem aviso e nos alvoroçando: "Esta noite, a lua sangrará!"

— Hoje à noite, a lua ficará vermelha como o sangue já derramado de nossos irmãos e irmãs, como o sangue que ainda vai ser derramado! — gritou.

O eclipse, parcial, surgiu num céu claro e durou alguns minutos. Mas a lua tinha sangrado. Ultimamente, tudo parecia tão fora de controle que saber que os deuses anunciaram esse eclipse para Chilam tranquilizou muitos taínos.

No dia seguinte, Chilam me convocou secretamente e me explicou como prever eclipses lunares. É bastante fácil, especialmente para mim, que gosto de olhar para as estrelas e sentir o movimento da Terra.

A Lua deve estar cheia e o Sol, a Terra e a Lua perfeitamente alinhados. Quando todas as condições estão reunidas, a Lua fica na sombra da Terra e desaparece.

— É entre você, eu e alguns iniciados... — Chilam acrescentou, antes de concluir: — Haverá outro eclipse, dessa vez total, daqui a cem luas.

Preste atenção nos céus e nas estrelas... Use o eclipse para fortalecer seu poder...

Foi a última vez que vi o grande Chilam. Depois ele desapareceu por vários dias. Desde que voltou, não é mais o mesmo.

Algo nele se quebrou.

Tem um olhar insano.

Colombo tem certeza: há ouro nesta ilha. No entanto, não há tanto quanto ele imaginava. E se os malditos taínos o estiverem escondendo dele?

Então ele vai em busca de ouro nas montanhas de Cibao — Cibao, Cipango... O Cipango descrito por Marco Polo! O país de casas com telhados dourados... que esses selvagens são incapazes de pronunciar bem!

Ele e o capitão Alonso de Ojeda, que se tornou famoso na Espanha durante a reconquista de Granada, embrenham-se no coração da ilha, com todas as bandeiras desfraldadas.

Aqui está, o magnífico vale de Cibao! Mas, obcecado com sua busca por ouro, Colombo mal admira a terra fértil, os rios largos, as árvores de vários séculos. Ele só vê uma pilha de pedras — e quando há ouro (porque há!), não há tanto quanto ele fantasiara.

Ele se retira para o seu oratório, prostrado, chorando.

A batalha da Vega Real, no vale de Cibao, em 1495, dura dez meses. A guerra é longa e difícil devido à natureza do terreno e à resistência taíno. É a primeira vez que os taínos lançam uma ofensiva tão preparada e determinada. Eles reagrupam os exércitos de Xaragua, Maguana e Magua, com o apoio do cacique de Higuey, que os abastece.

Os taínos estão lutando bravamente. Eles não têm armas de metal, mas têm lanças, arcos e flechas cujas pontas às vezes envenenam, tacapes formidáveis, punhais feitos de osso ou pedra esculpida, fundas que eles giram acima de suas cabeças e cujos projéteis mortais podem chegar a 150 km/h.

Com seus rostos protegidos, eles arremessam cabaças cheias de cinzas e pimenta, que queimam e cegam os olhos dos espanhóis. À noite, escurecem os próprios corpos com carvão para ficarem invisíveis.

Para impressionar o adversário, eles batem o tambor por toda a noite. O ritmo incessante é enlouquecedor...

Os espanhóis também, sob o comando de Ojeda, adotam a guerra psicológica e apontam canhões para diversas direções, percebendo que a ensurdecedora detonação, a fumaça e a velocidade dos projéteis assustam os taínos. Então eles atiram — para o alto! — e colocam seus cavalos na linha de frente, compensando sua inferioridade numérica com uma encenação calculada.

No entanto, no início da Conquista, a vitória está longe de ser garantida para os espanhóis, que não conseguem dominar completamente os taínos.

Buscando um acordo, Anacaona e Caonabo deixam as terras de Cibao para os espanhóis. Estes constroem o forte de São Tomás, o primeiro assentamento de colonos no interior das terras.

Caonabo acreditou em Alonso de Ojeda quando este lhe propôs assinar um tratado de amizade. Caonabo queria paz e, inocentemente, concordou. Ele nunca voltou.

Os guamikenas não têm palavra: enganaram Caonabo e o prenderam por traição.

Com a ajuda de Manicaotex, o filho mais velho de Caonabo, e centenas de guerreiros, tentamos repetidamente resgatar meu companheiro isolado num calabouço. Mas as armas dos guamikenas são tão poderosas! Suas armaduras de ferro tão resistentes às nossas flechas! E seus cães, tão cruéis...

Levaram Caonabo num barco com outros irmãos. Depois eu soube que o navio deles tinha soçobrado no meio do mar.

Gosto de imaginar Caonabo resistindo, fomentando uma rebelião e preferindo a morte ao cativeiro na Espanha. Será que foi ele que afundou a embarcação? Será que ele tentou assumir o comando, arma na mão?

Não sobrou ninguém para contar a história... Então eu a invento...

Agora, quando olho a vastidão do nosso mar, penso em Caonabo. Seu espírito me acompanha, embora seu corpo esteja sob as águas...

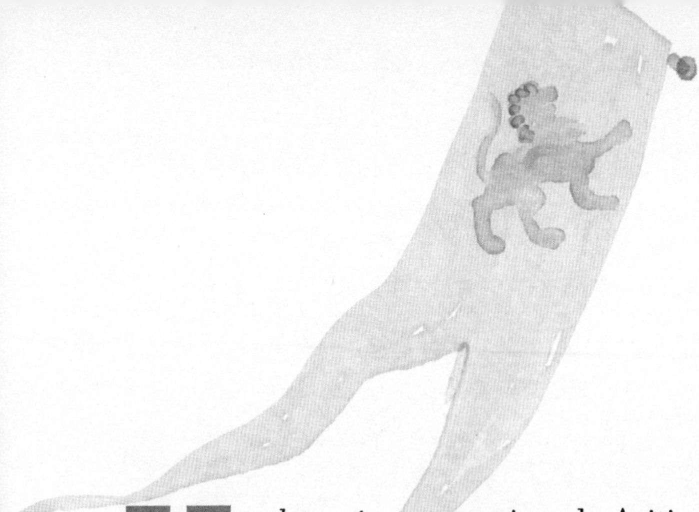

Um *huracán* se aproxima do Ayiti no fim do ano de 1495... Por fim, as ameaçadoras nuvens carregadas que vinham se agrupando há vários dias sobre a ilha explodem e liberam ventos furiosos. Em poucos minutos, o chão está encharcado; as roças, inundadas; os mastros de quinze caravelas, quebrados.

Conhecendo perfeitamente esse fenômeno climático, Anacaona deixa o furacão passar, e se protege dos ventos e das chuvas torrenciais em local seco, nas montanhas de Bahoruco.

Os guamikenas barbudos nunca tinham visto ventos tão fortes. Confesso que senti certa satisfação em imaginar suas casas, fortalezas, igrejas e cruzes de repente parecerem ridiculamente insignificantes, e colapsarem com a força de Guabancex.

O céu quer devorar a terra, o oceano quer nos engolir em suas águas revoltas, o vento berra e nos deixa surdos, a chuva cai como pedra, é o dilúvio!

A deusa Guabancex está falando...

Esperamos o fim de sua raiva abrigados e bem protegidos.

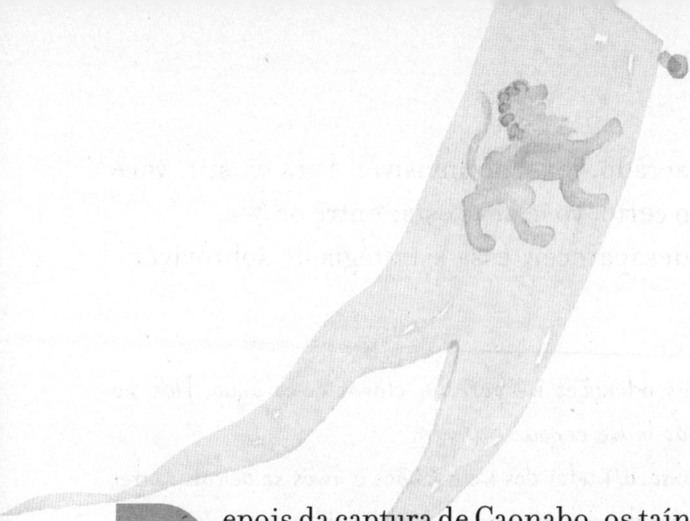

Depois da captura de Caonabo, os taínos se dividem em dois grupos opostos: o dos que desejam a paz, dispostos a dar tudo para os invasores, e o dos que desejam continuar a guerra.

Anacaona e Bohechio ainda acreditam na coabitação: negociam e aceitam entregar todas as suas safras de mandioca e algodão em troca de uma falsa paz.

Mas Anacaona tem dúvidas... Como cacica, ela sente que é seu dever proteger seus súditos — e, para isso, é preciso pôr ordem na ilha. Já houve mortes demais e os taínos só querem uma coisa: viver em paz.

Tem ela razão em fazer um pacto com o inimigo? Não está fazendo exatamente o mesmo que Guakanagarik? Não, claro que não, ele colaborou cegamente, curvou-se diante dos colonos, perdeu toda a dignidade, vendeu a alma! Ela, Anacaona, permaneceu digna, fiel aos seus costumes. Não usa um nome cristão, não usa as roupas deles. Mas, no final, o resultado não é o mesmo? Ela também está pagando a eles um tributo injusto para ter paz. Ela também os recebe à sua mesa.

Os colonos dividiram a ilha em duas partes: a do *Nós* e a dos *Outros*. Este mundo binário deixa Anacaona numa angústia que parece um poço sem fundo.

Anacaona sente que estar entre os *Outros* é ser excluído,

eliminado, massacrado, tornado invisível. Para existir, você deve estar do lado certo, você deve estar entre os *Nós*.

Colaborar ou desaparecer: essa estratégia de sobrevivência é viável?

Hoje suas verdadeiras intenções me parecem claras como água. Mas, na época, minha credulidade me cegou...

De tristeza, de cansaço, muitos dos meus irmãos e irmãs se deixam morrer, juntando-se àqueles varridos pela doença e àqueles mortos em combate.

Os guamikenas tomaram o nosso lugar.

Estamos condenados a encontrar outro.

Com o corpo e a mente doentes, não passamos de uma sombra de nós mesmos...

Mas alguns taínos, que se recusam a se submeter às leis injustas dos invasores e a trabalhar para os espanhóis, abandonam suas aldeias e suas roças para se esconder nas montanhas. Entre a submissão e a escravidão, encontraram uma terceira via: a resistência.

Anacaona secretamente os apoia, enviando suprimentos. Para ela, ainda é cedo para se juntar a eles.

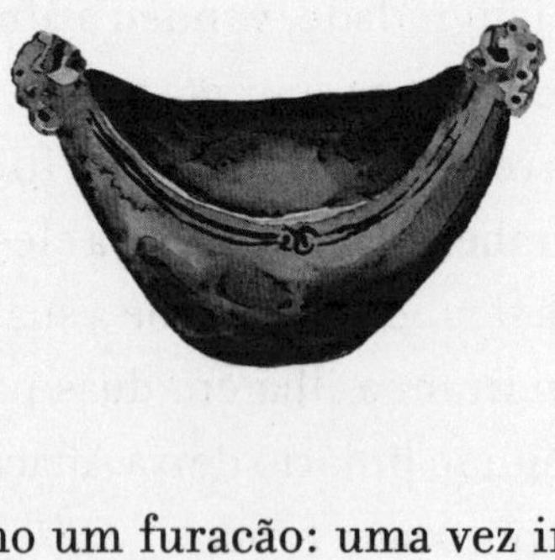

A violência é como um furacão: uma vez iniciada, não pode mais ser contida.

Os taínos se vingam das exigências espanholas massacrando colonos isolados. Quando fogem, praticam a estratégia da terra arrasada, ateando fogo em suas malocas e roças tão queridas para que não caiam nas mãos dos espanhóis.

Os colonos retaliam estuprando as mulheres e mutilando os homens taínos.

A ilha se afoga no caos.

Apesar da coragem dos guerreiros taínos, de sua disciplina, de seu heroísmo, conhecimento do terreno e domínio do arco e flecha, os espanhóis, pouco a pouco, vão ficando em vantagem. Eles têm o aço, os cavalos, as armas. E os cachorros.

Eles usam cães de caça especialmente treinados para atacar, que pulam na garganta dos taínos e os rasgam em pedaços. Esses cães, alimentados com carne e sangue humanos, são bestas raivosas que atacam qualquer um quando soltos.

Essa nova arma de guerra, terrivelmente eficaz, vai se tornar muito comum para farejar taínos e, mais tarde, negros escravizados fugitivos.

Os cavalos também despertam o terror nos habitantes do Ayiti: até então eram desconhecidos na América, e os taínos imaginam que esses animais vão atacá-los e devorá-los como fazem os cães. A visão dos espanhóis em suas montarias, meio-homens, meio-animais, também é aterrorizante...

Quando os espanhóis não estão lutando contra os taínos, estão lutando entre si.

Quando os taínos não estão lutando contra os espanhóis, sucumbem a doenças ou cometem suicídio.

Nossas famílias dizimadas, nossas aldeias queimadas, nossas roças transformadas em valas comuns, nossos rios ensanguentados. O Ayiti está em luto.

Em todo lugar, a morte... A morte está em toda parte.

Outrora, quando ficávamos doentes, íamos consultar os buhitios ou as curandeiras. Mas Guaora, nossa curandeira mais velha e respeitada, enfiou uma lança no coração. As outras curandeiras morreram de doença, e Chilam não é mais ele mesmo.

Nosso saber está perdido.

Ontem, uma jovem mãe chegou desesperada, trazendo nos braços a filha ardendo em febre, enfraquecida por vômitos frequentes. Uma garotinha um pouco mais velha que a minha e cuja bela cor de amendoim se tornara cinza. Ela me implorou para curá-la.

Tentei me lembrar dos gestos de Chilam. Ele se trancava com o doente e ambos jejuavam e vomitavam juntos. Depois de usar a cohoba, Chilam chupava o corpo do paciente em certos lugares para retirar a doença. Eu não me sentia capaz de fazer isso...

Levei a menina ao rio Yuboa, ao mesmo lugar em que Chilam realizara abluções a Higuemota, recém-nascida, e lera seu destino nas conchas.

Tentei me lembrar das plantas, das orações de Guaora. Esmaguei ervas para diminuir a febre. Rezei, cantei, dei meu amuleto para a criança — o que Bohechio me deu quando me casei. Coloquei minhas mãos na menina por vários segundos. Eu disse à mãe para continuar a cuidar da filha e ter confiança.

No dia seguinte, a mãe voltou desesperada, louca de dor. O corpo da filha estava coberto de pústulas.

Dois dias depois, a criança morreu.

A menina — qual era seu nome? Será que meu coração ficou tão frio que não consigo mais me lembrar do nome dela? É que os mortos são numerosos demais...

Lágrimas de pavor banham meu rosto.

Sento-me no meu duho, mas percebo que perdi a conexão com os ancestrais, aqueles do além.

Eles não falam mais comigo.

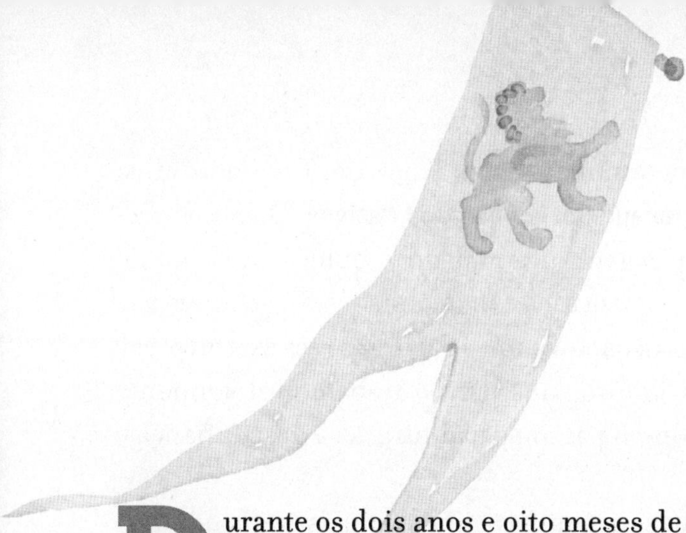

Durante os dois anos e oito meses de sua segunda viagem, Cristóvão Colombo explorou a região e descobriu muitas ilhas que depois se tornariam as Pequenas e as Grandes Antilhas, ajudado por marinheiros taínos familiarizados com esse mar. Eles circundaram a Jamaica, navegaram pelas *cayes* (que é como os taínos chamam essas ilhotas muito baixas), contornaram a imensa costa de Cuba, entraram em contato com os vizinhos e amigos dos taínos, os lukku-cairi.

Em março de 1496, Cristóvão Colombo retornou à Espanha com os porões dos dois navios que sobreviveram ao furacão cheios de especiarias, ouro e quinhentos taínos amontoados — duzentos deles morrerão durante a travessia.

Pouco a pouco, notamos uma mudança em Colombo, uma alteração radical na sua percepção dos nativos. O maravilhamento inicial deu lugar à praticidade — obter o máximo de riqueza possível — e à crítica. As qualidades dos nativos são invertidas: de pacíficos, tornam-se agora agressivos ou mesmo sanguinários, impróprios para o trabalho e totalmente preguiçosos. Colombo passou da admiração à desconfiança e ao desprezo.

As primeiras descrições dos taínos, a insistência em louvar sua bela estatura e seu espírito dócil — era admiração ou já um sinal do olhar frio do futuro escravagista?

Cristóvão Colombo transformou os taínos em sub-humanos — uma atitude necessária para escravizar uma população inteira.

Cinicamente, a vontade de enriquecer a qualquer custo, rapidamente e às custas dos nativos, deveria fazer com que eles fossem ao menos preservados. No entanto, as condições de trabalho impostas pelos espanhóis nas minas de ouro e nas plantações são insuportáveis. Os taínos mal são alimentados.

A escravidão, a fadiga, a desnutrição e os maus-tratos enfraquecem uma população já vulnerável às epidemias.

A tragédia se instala: a mortalidade explode. Recém-nascidos morrem: as mulheres estão tão exaustas que não têm leite. A taxa de natalidade está caindo. Os suicídios coletivos são constantes. Os abortos e infanticídios também se tornam frequentes: não faz sentido ter filhos para que sejam escravizados...

Não há mais colheitas para celebrar, porque não há mais ninguém para cultivar a terra que nos resta.

As doenças dos europeus assolam o corpo dos meus irmãos e irmãs... É tudo exaustão, fome e desespero.

Meus irmãos e irmãs não amam mais a vida. Eles perderam seu bem mais precioso: a liberdade. Ou talvez haja algo mais precioso do que a liberdade: a esperança. A esperança de ser livre, a esperança de amar a vida. Mas meus irmãos e irmãs também perderam a esperança.

Para que viver quando o número de mortos supera o de vivos?

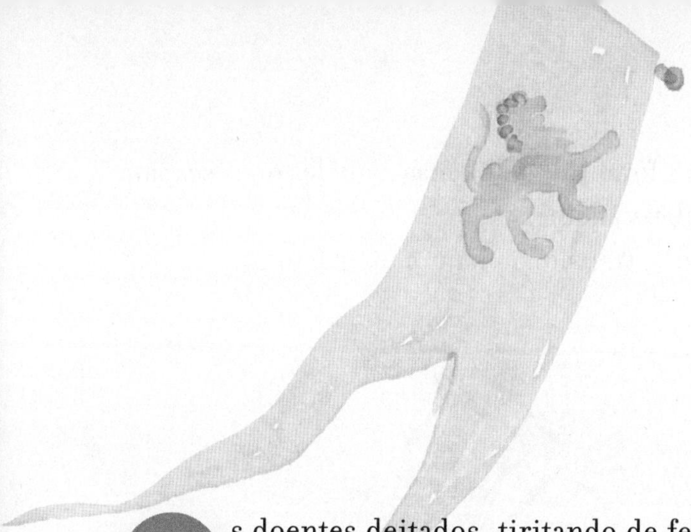

Os doentes deitados, tiritando de febre, não conseguem mais se mexer. Seus corpos estão cobertos de pústulas das quais escorre pus. Vomitam bile esverdeada, dão gritos que assombram a noite, tremem de dor e de medo.

Antes, os taínos não tinham medo da morte — mas a morte de agora não é compreensível. Ela parece uma punição coletiva, impossível de ser vivida serenamente.

No início, os doentes eram cuidados pelos pais e amigos.

Mas, com dezenas de milhares de doentes, corpos em diferentes fases de decomposição estão por toda parte — nos campos, nas cavernas, na floresta — e não são mais enterrados.

O corpo taíno agora é só lixo. Um corpo sem nome, amontoado numa vala comum. Uma morte sem nome.

Todas essas mortes desfazem laços familiares, destroem as elites políticas e religiosas, afundam a sociedade taíno num esquecimento coletivo.

Neste nada vagam viúvas, viúvos, órfãos, órfãs, mulheres e homens loucos.

Ninguém mais se importa com seus semelhantes.

Os taínos, privados de seus valores espirituais, de seus ritos, do respeito aos ancestrais, estão desarmados, enfraquecidos, incapazes de resistir a tantas agressões.

E como as roças foram abandonadas, aqueles que escapam da doença sucumbem à fome.

O Novo Mundo se transformou num matadouro.

Me recolhi às margens do rio Yuboa. Ainda estou tentando decifrar as pedras gravadas pelos nossos buhitios. Será que eles deixaram alguma mensagem?

Mas a noite cai, escura, sem lua, sem me dar respostas.

Como saber?

Quando a compreensão é perdida, a sabedoria é perdida também.

Os espíritos parecem cristalizados na pedra.

Os deuses estão mudos.

Minha visão se embaça, os petróglifos parecem rabiscos. Não consigo distinguir, ler e entender mais nada. Com raiva, bato na pedra até meus punhos sangrarem.

Acho que nossos Deuses estão mortos.

Vários taínos se convertem — por submissão aos colonos, para enfim obter paz, por espírito sincrético, por desespero ao ver seu mundo desmoronar? Os missionários batizam sem parar. O *nitaíno* Guaticaua é o primeiro taíno a receber o batismo na ilha, em 1496. Ele ganha o nome de dois apóstolos evangelistas, João Mateus.

Ixil também aceita o batismo e a fé católica, como fez seu irmão Mani, para agradar seu amigo Cristóvão e porque certos elementos da religião cristã o lembram de sua cosmogonia. A Santíssima Trindade, por exemplo, que Cristóvão constantemente invoca, o faz pensar na trindade taíno. Seus amigos comem o corpo de Cristo — então ele também, silenciosamente, porque Colombo pareceu indignado com a comparação. Ixil pensa no Pai quando come o milho, e no Filho quando come o feijão.

Por escárnio, os missionários batizaram Ixil de Mauro — porque sua pele é escura como a dos mouros, porque ele é pagão, e porque todos os pagãos são mouros. Esses bárbaros anexaram a Espanha por séculos, mas foram finalmente expulsos. Os missionários chamam Ixil de Mauro porque são eles, de agora em diante, que invadem o território desses índios mouros.

Ixil comungou pela primeira vez. Quando recebeu Deus na Eucaristia, manteve a hóstia por muito tempo sob a língua, até ela se dissolver completamente. Durante todo o dia, ele sentiu tanta felicidade fluindo pelo corpo que cantou como um pássaro.

Por que eles querem nos converter à sua religião, a "única religião verdadeira"? Cada um não pode se aproximar de Deus da maneira que lhe convier? Por que tem que ser pela religião deles?

Minha pequena sobrinha Biatibiri, que agora se chama Maria, veio falar comigo:

— Eles dizem: "Você deve jurar fidelidade ao nosso Deus porque — veja! Seus deuses são muito mais fracos do que o nosso". Eles não estão certos, tia? Eles nos dominam, tia! São mais fortes que nós!

Eu fiquei parada, incapaz de lhe dar uma resposta. Meus ombros e costas de repente se curvaram. Como se, de repente, eu estivesse diminuindo de tamanho. Coloquei-a no meu colo e a abracei. Choramos silenciosamente, uma nos braços da outra.

Não podemos mais falar com os nossos ancestrais, invocá-los. Nossos lugares de culto foram profanados. Nossos buhitios, quando não estão mortos, não têm mais autoridade. Eles não conseguem afastar o flagelo cristão, não conseguem curar epidemias! Chilam, que no dia do meu nascimento lera os presságios e previra um destino que atravessaria os séculos, agora está irreconhecível...

Algumas luas atrás, alguns pais que tiveram os filhos levados pela doença o atacaram: "Você não serve para nada". E deram socos nele. A tensão aumentou: uma a uma, as mães o esbofetearam.

Chilam caiu no chão. Bateram nele, jogaram pedras. Ele não reagiu.

Chilam estava no chão, com o rosto ensanguentado, quando cheguei e intervim. Obedeceram-me e se afastaram relutantemente.

De agora em diante, Chilam, nosso grande buhitio, aquele que falava diretamente com os deuses, aquele que dialogava com os opias, aquele que ia e voltava entre Coaybay e o Ayiti, está vivo, mas morto por dentro.

Ele fuma tabacu o dia todo, fora de qualquer rotina, fora das cerimônias.

Ele vagueia, os olhos vazios, o corpo descarnado, o cabelo desgrenhado e as unhas sujas — está há vários dias sem se lavar... Ele não usa mais nenhuma pintura corporal, não usa mais cocar nem se esconde atrás de uma máscara.

Ele vagueia, completamente nu, como um animal.

Ele vagueia na Terra, como se estivesse perdido no meio de um labirinto, sem pontos de referência, sem autoestima, sem identidade.

Não foi o que disseram? Ele não serve mais. Ele não é mais nada.

Chilam é um fantasma.

Física, cultural, intelectual, espiritual e coletivamente, a sociedade taíno entrou em colapso.

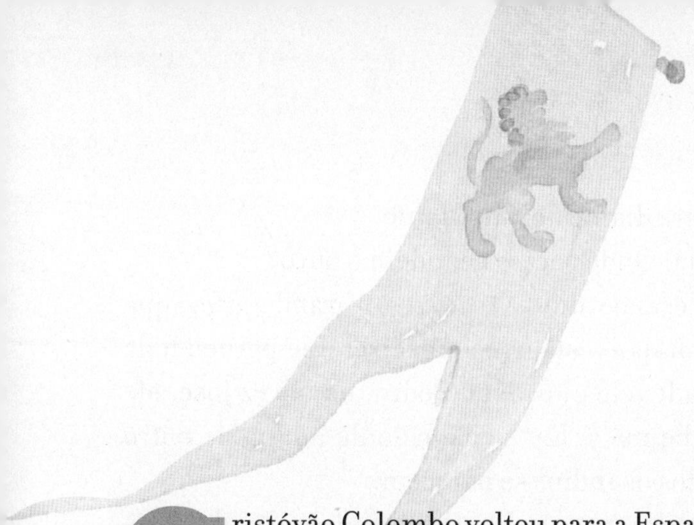

Cristóvão Colombo voltou para a Espanha e deixou seu irmão Bartolomeu Colombo, doravante *Adelantado*, no comando da ilha. Mas Bartolomeu irrita a colônia inteira. E todos esses *hidalgos* que nunca mexeram um dedo planejam derrubá-lo.

Os colonos estão famintos.

E como a riqueza pertence aos que são fortes o suficiente para tomá-la, eles são incontroláveis.

Cerca de vinte taínos — homens, mulheres, idosos, jovens — esperam em fila, presos por correntes no pescoço ou nos pés.

— Onde está o ouro? — pergunta Bartolomeu.

— Nós já demos tudo... Não temos mais — diz uma mulher.

— Insolente! — diz um dos espanhóis que escolta o governador.

E enfia a espada no coração da mulher, retira-a e a limpa em suas calças.

— Próximo!

Bartolomeu para diante de outro taíno.

— Você! Admita! Onde vocês escondem o ouro?

Guakanagarik está perdido. O *cacica* — o grande *cacica* que recebeu os espanhóis — está irreconhecível. Ele perdeu toda sua individualidade: ele é João, ou Pedro, ou talvez José, ele não sabe, não sabe mais. Ele é chamado de um ou de outro nome porque todos os índios se parecem.

Guakanagarik tornou-se índio. Intercambiável, substituível, invisível. Morto ou vivo, parece que não tem importância.

Guakanagarik leva as mãos à cabeça. O que responder? Todo o ouro que coletam do leito dos rios e das profundezas da terra durante o dia, eles o dão aos espanhóis. Os taínos não o guardam, para quê? Maldito ouro!

Ele oferece a Bartolomeu alguns objetos que estavam guardados em sua choupana e que ele não usa há muito tempo: sua espátula vomitiva feita de osso do peixe-boi, finamente esculpida. Seu inalador de *cohoba* feito de madeira preciosa. Um *zemi* de três pontas. Ele não sabe por que está oferecendo esses objetos, já que não espera nenhum perdão, mas o faz mesmo assim, sem compreender...

— Eu lhe juro, é tudo que eu tenho...

Guakanagarik tem o mesmo destino que a mulher. Seus companheiros também.

Os corpos permanecem jogados no chão, sem provocar comoção. Apenas se passa por cima deles.

Restam só alguns taínos trêmulos, divididos entre o desejo de morrer agora para encurtar seu sofrimento e o desejo incompreensível de viver apesar de tudo.

Um deles, Yuri, promete a si mesmo que da próxima vez que subir à montanha para trabalhar na mina de ouro, ele se jogará no precipício. Terá pelo menos o orgulho de ter decidido sua morte: é ele quem a escolherá, não os espanhóis...

Bartolomeu afirma:

— Bem... Já que vocês parecem mudos... Eu quero tudo. Peguem tudo.

O ouro incrustrado nos *zemis* e nas máscaras é brutalmente arrancado, deixando as estatuetas aleijadas, caolhas, mutiladas. Os conquistadores se servem à vontade e roubam tudo o que podem.

Bartolomeu anota cuidadosamente:

— Noventa e quatro redes, algumas estão velhas e gastas... Não importa, elas vão servir de qualquer maneira. Vou levá-las... Cinquenta e duas arrobas de algodão... Quatro cachimbos de madeira... Cento e cinquenta e duas pedras coloridas ... Cinquenta e quatro *naguas* lindamente tecidas e incrustadas... Dois *zemis*... O que vamos fazer com esses ídolos? Bem, vamos levá-los mesmo assim... Três machados de pedra... Eles não são feitos de metal, mas cortam muito bem, e a lâmina nunca fica danificada nem perde o fio, é muito prático ... Ah, um cocar de penas, muito bom, muito bonito...

Yuri corre para o homem que segura o cocar. O espanhol, por reflexo, tira sua espada e perfura o abdômen do taíno. Yuri tomba no chão abraçado à coroa. Pouco a pouco as penas azuis, amarelas e verdes se mancham com o sangue. Yuri sorri, feliz: ninguém além de Caonabo vai usá-la...

— Que selvagem! Estragou o cocar. Bom, vamos continuar. Os *duhos*... Interessantes, eu levo. Afinal, é bem confortável sentar-se neles. Sim, eu levo também os pássaros em gaiolas, Vossas Majestades apreciarão essas plumagens. Quantos são... 13, 14. É isso, 14 papagaios.

Os colonos guardam para si o que tem valor e enviam o resto para o outro lado do Atlântico.

Os reis católicos se divertirão com os objetos exóticos, que exibirão nos gabinetes de curiosidades do Novo Mundo, até se cansarem deles e jogá-los fora. Alguns serão enviados para outros amigos soberanos, notadamente na Áustria e na Itália; outros para o papa, em Roma. Por fim, cairão no esquecimento.

Mas alguns *zemis*, máscaras, espátulas vomitivas, inaladores de *cohoba* e outros artefatos reveladores da riqueza da cultura taíno sobreviverão, escondidos nas cavernas do Ayiti, de Cuba e Porto Rico, da Jamaica.

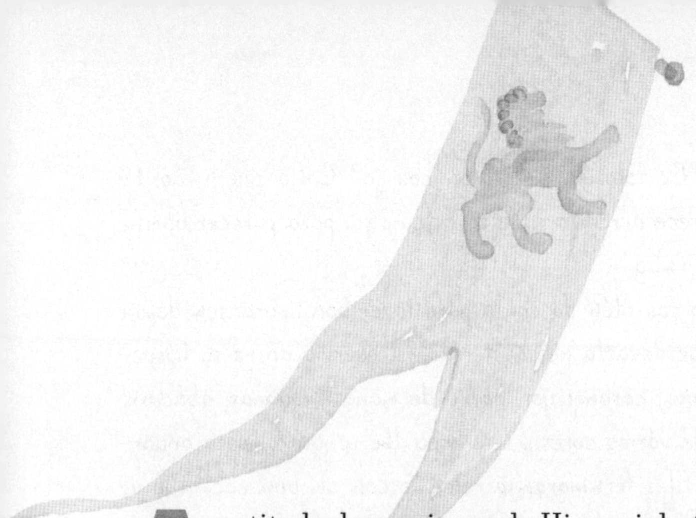

A atitude dos caciques de Hispaniola é ambígua, entre tentativas de conciliação e outras de insurreição em várias escalas.

Em troca da paz, Anacaona e seu irmão Bohechio concordam em doar todas as safras para os colonos. Eles também concordam com a construção do forte São Tomás e de La Nueva Isabela, na costa sul de suas terras.

Eles aceitam tudo, quase tudo, em troca da paz.

Em vão.

Bohechio organizou em Yaguana um grande banquete em homenagem a Bartolomeu Colombo. Normalmente, a perspectiva de uma grande festa me deixaria feliz. Antes, eu gostava de mostrar aos espanhóis a grandeza do nosso povo, o refinamento de nossa cultura.

Mas mesmo que meu corpo participe desse areito, minha mente está ausente. Pedi a Bohechio para ser o mestre de cerimônia, enquanto eu fico na retaguarda.

É por isso que Bartolomeu mal falou comigo? Como seu irmão, há alguns anos, ele parece acreditar que só estou aqui para parecer bonita, para servir ao meu irmão.

Bohechio se esforçou além da conta para fazer boa figura, sem deixar aparente a fome que devasta nossas terras. Ele serviu ao nosso hóspede-invasor tartarugas, caranguejos, carne de manati, iguanas, abacaxis, amendoim e milho de várias cores... Ofereceu-lhe o guaro, nossa aguardente tradicional... Eles terminaram a refeição com um bom cachimbo de tabaco... Eu vi os sorrisos falsos de ambos. Que amizade estranha, em que só se busca ganhar tempo para melhor apunhalar o "amigo" pelas costas...

Mas não tenho escolha: eu também devo ser enganadora e astuta, eu também devo mentir, fingir acreditar na convivência.

Ofereci a Bartolomeu um duho, nosso assento sagrado, sabendo que ele não o merecia. Ofereço presentes, mas meu coração está seco como couro. Eu canto, mas minha voz está rouca, sem desejo... Eu danço, mas meu corpo está duro, sem prazer...

Há várias luas não consigo compor nenhum poema, nenhum verso. Minha imaginação e minha inspiração secaram.

A generosidade me abandonou. Não tenho mais o coração puro. Minhas palavras não passam de uma teia de mentiras...

Sempre fui solar, radiante. Sempre procurei o sol, sempre amei a sensação dos raios solares aquecendo a minha pele e a terra. Mas meu corpo está frio como uma cobra há vários dias.

Mesmo no sol, tenho a sensação de estar sempre à sombra.

Que tédio! O areito demora — não acredito que estou dizendo isso, eu que, outrora, nunca queria que eles acabassem!

Essa palhaçada me cansa. Voltei para casa para descansar um pouco. Então vi, pendurado em uma viga, meu colar guerreiro, aquele feito de conchas branquinhas com uma caveira no meio, que me acompanha em todas as minhas lutas. Ele parecia me chamar: "Anacaona..."

Tirei meu colar cerimonial. Destruí meu cocar, minhas joias, minhas fitas, minha nagua. Chamei Tibiri:

— Este porco não merece tudo isso! Ele não nos merece, ele não me merece!

Tibiri esfregou meu corpo furiosamente para remover os finos desenhos.

Logo depois, sentei-me diante do nosso convidado, em silêncio, com a cabeça erguida. Bartolomeu pareceu perturbado. Eu estava pintada toda de preto, meus olhos contornados de branco, vestindo apenas meu colar guerreiro de conchas que reluzia ao sol, deslumbrante.

Novamente, eu brilhava. Fiquei em silêncio, falando com ele pelo olhar.

"Você vê a morte? Vê a morte no meu pescoço?"

Senti o medo invadi-lo.

"Eu não tenho medo da morte."

Bartolomeu Colombo pensou que sua hora tinha chegado. Ele estava com poucos homens e poderíamos matá-los em poucos minutos se decidíssemos atacá-los traiçoeiramente, sem respeitar as regras da guerra, como tinham feito com Caonabo. Como fariam comigo anos mais tarde, algo que eu já pressentia...

"A negação da civilização é você", continuei a dizer-lhe silenciosamente. "O selvagem é você... Não vou me tornar selvagem como você. Eu não vou descer ao seu nível."

Ele olhou para o meu colar, paralisado. Depois olhou para mim. Então olhou à sua volta, atordoado, antes de voltar a olhar o colar, como que magnetizado.

O suor escorria por sua testa suína. Ele puxou o colarinho com o dedo indicador e esticou o pescoço.

Eu podia ouvir sua respiração ofegante: o porco estava sufocando.

Ele umedeceu os lábios, tentou se recompor e disse, lançando uma risada sarcástica:

"Pois bem, cara rainha, foi se refrescar?"

No meu colar, ele tinha visto a si mesmo.

— Colombo me pareceu sincero... Ele vai nos deixar tranquilos. Vamos retomar nossa vida de outrora — Bohechio me confidenciou, aliviado, ao final do banquete.

— Você está enganado, irmão querido: nunca vamos retomá-la. É tarde demais, já não somos mais os mesmos.

A cada dia, Bohechio sente mais dificuldade para respirar. Ele está velho e cansado, não consegue mais se levantar. Sente que está no fim de sua vida.

Os taínos acreditam num além, onde reencontram seus ancestrais e todos os seus entes queridos. O mundo dos mortos é análogo ao mundo dos vivos — aliás, eles são tão semelhantes que cada taíno coloca Coaybay, o reino dos mortos, em sua própria região. Eles ali comem e se entregam a prazeres e divertimentos.

“Bem viver e bem morrer.” A eutanásia é uma prática comum, reservada sobretudo aos caciques e *nitaínos*. Eles podem escolher sua morte: ser estrangulados ou deixados num lugar tranquilo da floresta numa rede, com água e pão, até morrerem. Às vezes, levam seus cônjuges com eles para o além.

Eu acaricio carinhosamente a testa de Bohechio em sua rede:

— Quando você quiser, meu irmão querido... Como você quiser... Você decide.

— Quero partir sozinho... Vou rever nosso querido pai Concatecua, nossa querida mãe, nossos ancestrais... Vou reencontrar a bela vida de outrora! Não estarei longe... Vá, eu confio em você... Agora, acabemos com isso. Coloque suas mãos em volta do meu pescoço... Segure-me ternamente... Acompanhe-me enquanto eu vou... Olhe para mim... Adeus, maninha...

Bohechio está morto. Delicadamente, separamos a cabeça dele de seu corpo, a secamos e a colocamos numa linda boneca de algodão feita em crochê, com duas conchas peroladas no lugar dos olhos.

Bohechio se tornou um zemi.

Em outros tempos, eu teria mantido Zemi-Bohechio comigo em Yaguana. Ele faria parte do nosso lar. Mas eu não tenho mais um lar digno desse nome. Então, temendo perdê-lo, eu o prendi às minhas costas com uma alça.

Assim Bohechio me acompanhará por toda parte.

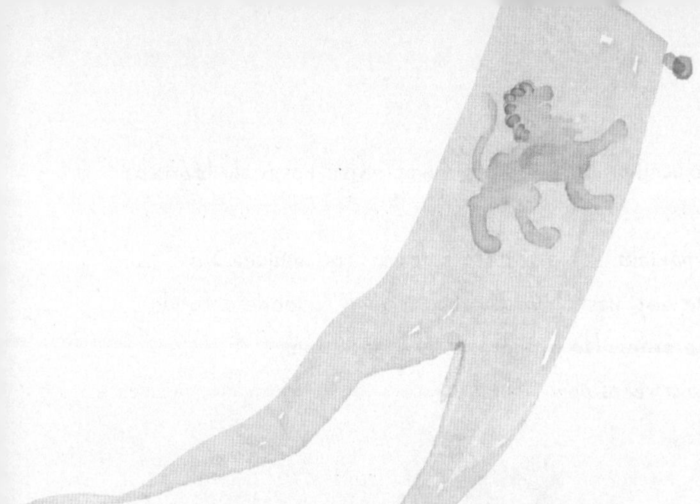

Como uma minoria pode dominar uma maioria?

Somos melhores guerreiros. Somos mais numerosos. Somos mais fortes. Nossa causa é justa — lutamos pela liberdade. Por que estamos derrotados?

Durante anos, não compreendi essa provação que os deuses nos enviavam. Será que os deixamos enfurecidos? Por que permitiam que isso acontecesse? Eu tinha muitas perguntas sem resposta. Por quê?

Pesquisei nosso passado e não vi nada parecido, nada que pudesse me ajudar a entender essa nova situação, esse novo mundo. Os espanhóis eram tão distantes dos aruaques, dos kalinagos, dos maias! Sua visão de mundo era tão diferente, seu comportamento tão imprevisível, que eu não sabia como me relacionar com eles.

Eram homens de verdade? Refleti muito sobre os oráculos que previram sua chegada. As profecias tinham um efeito paralisante em mim, em nós. Em vez de ver esse evento como um encontro meramente humano, nós o integramos à esfera do sobrenatural.

Afundamos na apatia e no desejo de morte, nos convencendo: "Não foi isso que os oráculos disseram?". Aceitamos nossa eliminação pelos espanhóis. Os deuses tinham anunciado esse acontecimento e não havia nada o que fazer.

Muitos irmãos e irmãs, incapazes de entender o presente, coletivamente traumatizados, vagando nesse mundo absurdo e trágico onde a razão parecia ter deixado a Terra, simplesmente se tornaram mortos-vivos.

"A vida era muito melhor antes...", repetimos entre nós, com lágrimas na voz.

Ayiti antes de Hispaniola... Ayiti... Esta palavra, que ninguém mais usa, agora é carregada de uma nostalgia amarga, de uma saudade dolorida...

Mas não há mais o antes. Há o agora. E é preciso agir.

Tenho de refletir, me recompor.

Admito meu erro: não vi, no início, a ambição colonizadora deles. Julguei-os de acordo com o nosso sistema de valores — ser bom e nobre. Julguei-os pelo número deles — que era, de longe, inferior.

No entanto, eles são superiores. Ou talvez o sejam por causa dessas doenças que colocaram em nossos corpos e das quais não conseguimos nos livrar?

Então, no começo, imaginando que essas epidemias passariam, decidi evitar confrontos diretos. Já tínhamos pessoas doentes o suficiente, já tínhamos mortos o suficiente na batalha de Vega, em Cibao...

Eu quis esperar para recuperar minhas forças. Eu os recebi à minha mesa. Permiti que se instalassem na minha terra.

Vendo meu fracasso, tentei me persuadir: vamos deixar a eles uma parte da nossa terra, da nossa riqueza. Estamos em casa, é certo — mas as pessoas não têm o direito de viajar, de se estabelecer em outro lugar? Talvez esses homens estejam limitados nas terras deles? Além disso, nós, taínos, também não somos oriundos de uma viagem? A Terra é grande e generosa o suficiente para todos. Isso me pareceu justo.

Estaria aí o meu erro? Pensei que poderia lhes deixar migalhas. Pequei por orgulho...

Enquanto isso, sutilmente, aos poucos, eles nos dividiram. Nos despossuíram. Negaram, diariamente, nossa humanidade: não éramos nada, não éramos ninguém, não éramos filhos e filhas de ninguém. Convenceram-se de sua superioridade e nos convenceram disso.

Por fim, nossa memória foi apagada e esquecemos tudo.

Pouco a pouco, perdi a fé nesse encontro. A guerra total me pareceu cada vez mais inevitável.

Acho que eu estava esperando Bohechio morrer. Sentia que ele não poderia abandonar sua terra e se engajar na resistência. Meu pobre irmão não tinha mais forças para isso...

Mas ele morreu.

O destino do meu povo de Xaragua e Maguana agora está em minhas mãos.

Retornei ao rio Yuboa. Sentei-me diante dos petróglifos, onde outrora os deuses falavam conosco, e esperei — vou esperar o quanto for necessário para o silêncio ser interrompido.

O ar ao meu redor de repente se tornou espesso. Ouvi Caonabo sussurrar para mim, do além de Coaybay:

— Lute, Anacaona! Encontre de novo o fogo da revolta! Não deixe ninguém dizer que não lutamos...

Com felicidade, fumei a erva da alegria. Tive lindas visões cheias de cores magníficas...

Reencontrei o encantamento. Reencontrei meu fogo interior. Reencontrei o amor da vida e o amor da morte — da boa morte.

Nossas terras foram roubadas, nosso ouro foi saqueado, mas ainda nos temos. Doentes, feridos, quase dizimados, sem deuses aos quais nos agarrarmos, mas vivos! Refugiamo-nos nas montanhas para escapar da escravidão e não perder o que nos resta: nossa liberdade, nossa esperança de liberdade. Nossa centelha de vida. Nossa humanidade. Nós, taínos!

Eu não via Ixil há muito tempo.

— E aí, índio? — eu disse num tom cortante. Como estão seus amigos espanhóis?

— Acho que estão bem... — ele respondeu.

Me arrependi imediatamente da maldade da minha pergunta. A tristeza dele dava pena.

— Sabe, minha rainha... Os espanhóis dizem... Bem... Dizem que não devemos nos aproximar dos doentes. Dos que têm pústulas, principalmente, devemos ficar longe, porque a doença passa de um humano para outro!

— Do que você está falando? Se eu enfiar um espinho no meu pé e a ferida ficar infectada, você não vai ficar contaminado se você tocá-la!

— Mas esta doença é diferente. Acredite, eles a conhecem, foram eles que a trouxeram... Quando um humano mostra sinais da doença, ele deve ser isolado imediatamente.

— E as crianças? Não podemos deixá-las morrer sozinhas!

— Você decide, minha rainha... Mas eu te digo. Cuidado com os doentes.

Ixil foi embora, os ombros baixos, parecendo encolhido.

Apesar do perigo, Ixil voltou ao nosso quilombo, exalando tristeza.

Eu o cumprimentei abraçando-o. Esse contato entre nossos corpos nos fez bem e prolongamos o abraço, desfrutando da simples felicidade do reencontro após a ausência, verificando que estávamos vivos.

— Como está seu pai? Como está Mani?

— Guakanagarik está morto. Mani também...

Baixei a cabeça, um nó na garganta.

Essas mortes terminarão um dia?

Mas nós estávamos vivos, nós — ele, eu, Higuemota, meus guerreiros.

— Compartilho sua dor, meu irmão... Eles têm sepultura?

— Meu pai foi queimado com outros cadáveres, não sei onde, não sei quando. Mas Mani...

O rosto de Ixil se abriu em um sorriso melancólico, mas radiante.

— Siga-me.

Caminhamos até o alto do lago Daiguiri. Estava lindo, naquele dia, o nosso lago — o verde esmeralda das árvores se refletia em suas águas, pontilhadas com flamingos vermelhos... O céu estava nublado, com alguns raios de luz.

— O corpo de Mani está lá, debaixo d'água ...

Lembrei-me de seus olhos cintilantes, de seu mau humor quando ele perdia no batu, de sua ternura com as crianças.

Certa manhã, Mani saiu em sua canoa. No meio do lago, ele se enrolou em sua capa azul meia-noite e pulou na água. Ele pegara a pedra que esmagava seu coração e a amarrara aos pés.

— Disseram-me que ele não quis ser atordoado ou envenenado antes... Ele disse que não merecia mais viver...

Mas hoje, Mani não é mais um desaparecido condenado ao esquecimento anônimo: nos lembramos dele, sua história será contada e recontada — durante areitos, durante as noites ao redor da fogueira, nas famílias.

O nobre Mani de Marien, dom Bernardo de Aragão, o taíno que se tornou espanhol, nosso primeiro mestiço.

Isso aliviou Ixil. Ele dormiu em nosso quilombo e partiu no dia seguinte, com o coração um pouco menos pesado.

Ixil voltou novamente, amargo e desiludido. Mais uma vez, um abraço, para nos certificar de que estávamos vivos...

— Eles só querem o ouro, nos tratam como lixo. Vamos alimentá-los para sempre sem fazer nada, só porque eles vêm do outro lado do oceano? Isso lhes dá direitos especiais? Por que eles não trabalham nas roças, também? Por que eles não vão caçar, pescar? E... Eles precisam parar de perseguir nossas mulheres. Outro dia...

Ixil caiu de joelhos e continuou, a voz trêmula, o rosto decomposto:

— Outro dia, um espanhol beliscou os seios de Isabel. Na frente de todos — incluindo os filhos e o marido.

— Uma taíno chamada Isabel?

Ixil baixou a cabeça.

— O nome dela era Coqui. Sim, Coqui, taíno de Magua... Depois, o homem baixou as calças e tocou as partes íntimas enquanto olhava para ela. Na frente de todos — dos filhos, do marido. A excitação fez endurecer o membro e o corpo todo do homem. Com a respiração ofegante, ele se aproximou dela. Perto o suficiente para o homem espirrar o líquido do seu corpo em Isabel e sujá-la, enquanto ele gemia. Na frente de todos — dos filhos, do marido — ele emporcalhou Coqui.

Senti que ele se libertara. Mas seus olhos ainda estavam velados por uma névoa sinistra. Então, pedi para ele me contar tudo.

E ele me contou: os castigos corporais — mãos, ouvidos e narizes decepados. Os nobres nitaínos enforcados e os taínos comuns queimados. As pilhas de cadáveres apodrecendo nas estradas, sem sepultura, quando ninguém se dava ao trabalho de queimá-los. As chamas das piras estalavam todas as noites — queimando taínos rebeldes e taínos doentes, queimando mortos e vivos. O cacique Naviatué foi amarrado ao rabo de um cavalo e arrastado até a morte.

— Continue!

As armadilhas e traições constantes. Os estupros coletivos. Os bebês de sangue misturado, nascidos do estupro. Os bebês abortados. Os recém-nascidos, inocentes e sagrados — lançados aos cães. O ser humano sagrado, vivo ou morto, devorado pelos cães,

— Continue!

Os escravos marcados no rosto com as iniciais de seus senhores — a ferro quente ou simplesmente incisados com uma faca — passados de mão em mão, o rosto desfigurado.

Os habitantes de aldeias inteiras — jovens, adultos e velhos — jogando-se juntos do topo das falésias.

Ixil se libertava, e eu, como um baiacu, inchava, inflava, ficava enorme com tantas histórias imundas. Eu queria ouvi-las para reencontrar o fogo da minha revolta, como Caonabo me cochichara, para reencontrar minha raiva guerreira. Essas histórias saíam da boca de Ixil para penetrar meus ouvidos, mas me penetravam por todos os poros da pele, e dentro de mim senti um furacão enfunando as velas. Senti os fios de meu cabelo ficarem em pé, pareciam querer fugir de uma náusea que crescia, crescia, até que...

— Basta!

A raiva é perigosa quando lhe invade completamente. É um motor quando você sabe pará-la a tempo.

Eu a tinha em mim. Forte o suficiente para me fazer agir, focada o bastante para não me destruir.

Minha raiva estava lá, palpável, e nunca me deixaria.

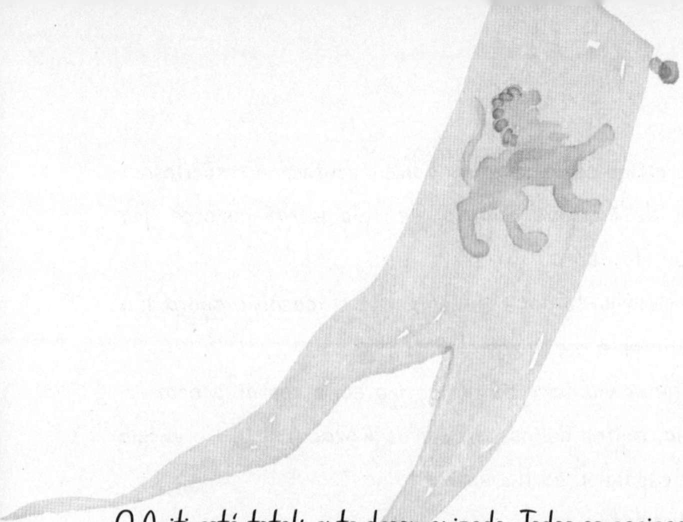

O Ayiti está totalmente desorganizado. Todos os cacicados estão destruídos e de agora em diante formamos um só grupo, de onde quer que tenhamos vindo.

Hoje, quando penso nas rivalidades que nos opúnhamos — disputas por áreas de caça e pesca! — ou nas guerras contra os kalinagos das ilhas vizinhas, acho que estávamos errados em brigar. Porque éramos irmãos. No fim das contas, nossas guerras só serviam para nos treinar na luta, provar nossa coragem.

Hoje, a guerra que estamos travando é uma guerra de sobrevivência. Eles não querem apenas roubar nossa terra: eles querem também nos exterminar.

Doravante, Anacaona, escondida nas montanhas de Bahoruco, lidera o bastião mais poderoso da resistência taíno contra a conquista espanhola. Ela organiza seu exército, aperfeiçoa as armas tradicionais, desenvolve estratégias, rouba espadas espanholas e até aprende a usar uma pistola com Miguel de Santangel, ex-colega de Colombo.

Miguel... Meu primeiro amigo espanhol... Um homem sensível e respeitoso.

Nós o apelidamos de Kassave quando ele veio morar conosco, por causa dos casabe, que ele adora.

Ele nunca voltou para junto dos espanhóis. Ele se casou e agora tem uma criança risonha, de pele e cabelos claros.

Ele me ensina a tocar violão, e eu lhe ensino como soprar a ocarina, bater na maiohuacana, agitar delicadamente as maracas. Ele me ensina alguns rudimentos de espanhol, eu lhe ensino taíno.

Ele está conosco na luta.

Meu irmão Kassave...

Seu marido morreu, seu irmão morreu, seus amigos morreram. Poderíamos pensar que Anacaona está lutando porque ela não tem mais nada a perder — pelo contrário. Trata-se da sobrevivência dos taínos. Ela tem tudo a perder, e sabe disso.

Sua fama cresce. Seu carisma também.

Anacaona se livrou do pensamento binário redutor dos espanhóis — nós/os outros, o bem/o mal, os homens/as mulheres, colaborar/desaparecer — pensamento que a fazia morrer por dentro. Ela recuperou a pluralidade.

Existem múltiplas formas de existência.

Secretamente, ela encontra os taínos das cidades e os convence de outra realidade: a resistência. E a resistência também é plural — pode ser passiva, silenciosa, psicológica, cultural, religiosa. Qualquer um pode praticá-la.

Anacaona escolheu o caminho da resistência ativa, agressiva, ruidosa e coletiva. Alia-se a Guarionex e Mayobanex, que combatem no leste da ilha, e a Hatuey, cacique do oeste de Marien. Em segredo, ela também encontra líderes das ilhas vizinhas para adotar uma estratégia de escala global no Caribe, para unir forças contra os espanhóis.

Estamos todos unidos, taínos de Xaragua, Maguana, Marien, Magua, Higuey... e até mesmo das ilhas vizinhas de Cubanacan, Boriken, Xamaica! Regularmente, nos encontramos no topo das montanhas, onde os espanhóis não conseguem chegar porque a natureza é muito hostil e desconhecida para eles. Eles ficam perto das praias... Morrem de medo da floresta!

Bartolomeu Colombo, depois de três meses de uma caçada louca, finalmente capturou Guarionex e Mayobanex. Alguns taínos os traíram. O que Bartolomeu teria prometido a eles para que entregassem seus líderes assim? A que tortura insuportável os teria submetido para que não aguentassem mais?

Nós afiamos nossas flechas e descemos, aos milhares, para a cidade de Concepción de la Vega e La Nueva Isabela. Mas nossas flechas, mesmo envenenadas, têm pouco poder contra suas armas de fogo e carapaças de ferro. Covardes! Eles se cobrem com ferro para não lutarem de igual para igual, de homem para homem, de mulher para homem.

Batemos em retirada e retornamos para nossos morros, menos numerosos, feridos... Mas determinados. Iremos até o fim e não desistiremos.

Não importa o resultado da luta, desde que nossa causa seja justa.

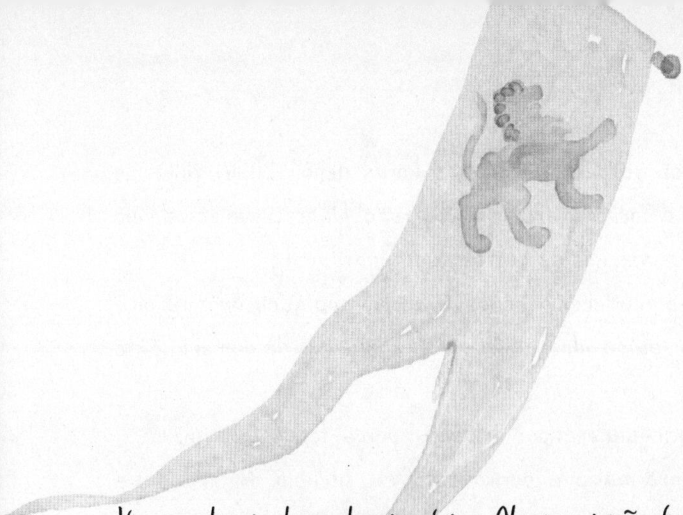

Vi uma, depois duas, depois várias. Algumas irmãs, fugindo das planícies e cidades espanholas para se juntar a nós nas montanhas. Irmãs sujas, com o rosto coberto de lama. Halinzin também chegou assim.

— Estou tão feliz em vê-la novamente!

Mas, diante do meu olhar surpreso com sua imundície, ela me confessou:

— É para desviar o olhar dos guamikenas... Assim, temos mais chance de escapar deles...

Os homens barbudos no cio se jogam sobre qualquer coisa: mulheres, meninas adolescentes, meninas que ainda não menstruaram, homens — mas sobre estes últimos, secretamente e sem se gabar.

Halinzin e Tibiri foram capturadas no mesmo dia, durante um ataque a nosso acampamento. Eu conseguira fugir — pensando apenas em mim e Higuemota. Chorei tanto depois, sentindo-me culpada pelo sequestro delas!

Um conquistador se apoderou de Tibiri e a levou para seu barraco. Ela lutou com toda a força, e seus gritos ecoaram por todo Santo Domingo. O homem bateu nela com um chicote, numa flagelação sem fim. Os gritos se transformaram em gemidos.

Os taínos ao redor, sem poder tapar os ouvidos, abaixaram a cabeça. Então os gritos cessaram. O espanhol saiu de casa com a camisa rasgada, o rosto e as mãos arranhados, um olho vermelho, desgrenhado, mas vencedor: não foi fácil, mas no final, a tinha subjugado, copulando com ela.

Quando ele voltou para casa algumas horas depois, Tibiri tinha se enforcado. Ele jogou o corpo na frente do barraco. Um escravo taíno veio retirá-lo e o juntou a dezenas de outros que aguardavam.

Todas as noites, ao anoitecer, dezenas de corpos são queimados na pira — doentes, suicidados ou punidos, ainda vivos, que uivam de dor enquanto seus corpos ardem.

— Como você conseguiu escapar deles? — perguntei a Halinzin.

Halinzin olhou para baixo e permaneceu em silêncio. Aproximei-me dela, mas ela se virou:

— Estou grávida. Preciso de ervas para acabar com isso.

Comecei a chorar.

É possível sofrer mais?

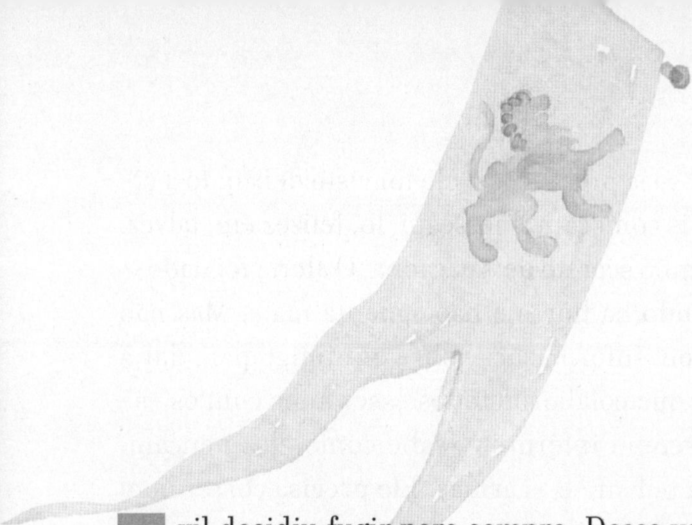

Ixil decidiu fugir para sempre. Dessa vez, quer ficar nas montanhas e não sair mais de lá. Quer lutar no exército de Anacaona.

Ele se despiu da túnica espanhola e colocou a sua tanga, que estava jogada num canto. Quando a vestiu, chorou rindo, e riu chorando. Sua tanga taíno tinha permanecido lá, tão perto, todo esse tempo, e ele não a via!

Ixil quis pintar o corpo — há tanto tempo que ele não faz isso! Ele não sabe mais onde encontrar urucum. Então desenha a primeira pintura da sua segunda vida taíno com o próprio sangue.

Ixil se tornou taíno novamente. Ele tentou ser espanhol, mas isso o deixou infeliz. Foi índio, mas era uma falsificação de si mesmo.

Ixil se tornou taíno de novo. Imediatamente, passa a respirar melhor, sente sua masculinidade renascer. Por fim, se sente homem! Sente sua humanidade ressurgir.

Ixil sente que ganhou asas.

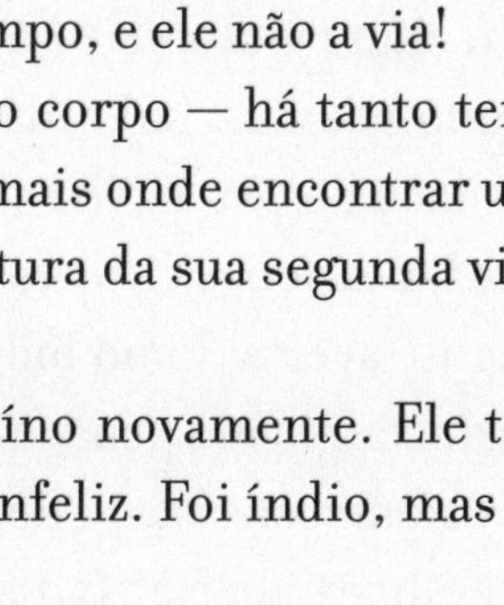

Mas, apesar de suas precauções, ele foi visto deixando a cidade. Os espanhóis começam a persegui-lo, felizes em, talvez, descobrir o quilombo secreto de Anacaona. O alerta foi dado.

Ixil está correndo há horas e não aguenta mais. Mas não pode fraquejar: tem informações sobre o inimigo para dar à sua rainha — ele, que colaborou todos esses anos com os espanhóis atuando como intérprete, sabe como eles pensam, onde escondem a pólvora e as armas. Ele precisa correr bem rápido, sem olhar para trás.

Escuta os cães atrás dele, cada vez mais perto...

Os animais pulam sobre Ixil enquanto ele ainda está de costas e o derrubam. Sobre ele, dez cães, talvez mais, latem, rosnam, enfurecidos por terem ficado acorrentados e passado dias inteiros com fome. Um primeiro cão agarra a perna de Ixil, que lhe dá um chute violento no focinho. O cachorro sai gemendo... O bando hesita... Ixil olha em volta, à procura de um pau. Um pedaço de pau e ele estaria salvo! Mas um cão mais audacioso se lança sobre ele e lhe agarra o braço. Ixil resiste, tenta novamente acertá-lo no focinho e puxa o braço com toda a sua força, deixando um pedaço de carne na boca do cão; o sangue excita os outros; é tarde demais, todos os cães se jogam sobre ele, de boca aberta, Ixil só tem tempo de se enrolar, em posição fetal — o que o faz lembrar da mãe, amada *bibi*, levada em poucos dias pela varíola — mas é inútil, eles são muitos, eles devoram seus braços, coxas, panturrilhas, genitais. Ixil sente cada mordida, é um pouco de sua vida que se vai a cada uma delas, mas por enquanto, ainda está vivo — "meu rosto, preciso proteger meu rosto, sobreviverei com uma perna ou um braço a menos, mas eu tenho que proteger meu rosto, meu rosto, meu rosto..."

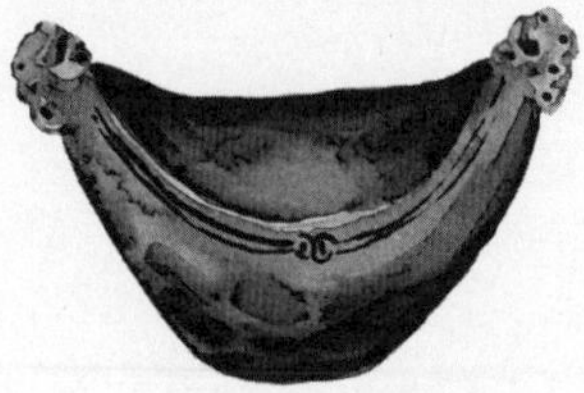

Ixil estava a poucas horas do quilombo. Ele quase chegara ao destino, atravessara os barrancos, enfrentara a vegetação, cruzara os rios borbulhantes, todos esses obstáculos que colocamos entre os espanhóis e nós. Que dessa vez se voltaram contra nós.

Não sobrou muito de seu corpo. Imaginei seu martírio. Os cães devoraram até suas vísceras. Seu corpo começava a se decompor ao sol e, assim que os cães partiram, os urubus passaram a disputá-lo. Ele tinha os braços cruzados sobre o rosto...

Delicadamente, pegamos seus ossos e os escondemos no fundo de uma caverna. Guardei uma de suas falanges como amuleto.

Durante toda a noite, contamos sua história para aqueles que não o conheciam e aqueles que o conheciam. Durante toda a noite, fizemos barulho para quebrar o silêncio de sua morte.

Ixil existiu. Ixil existe. Ixil reexistirá.

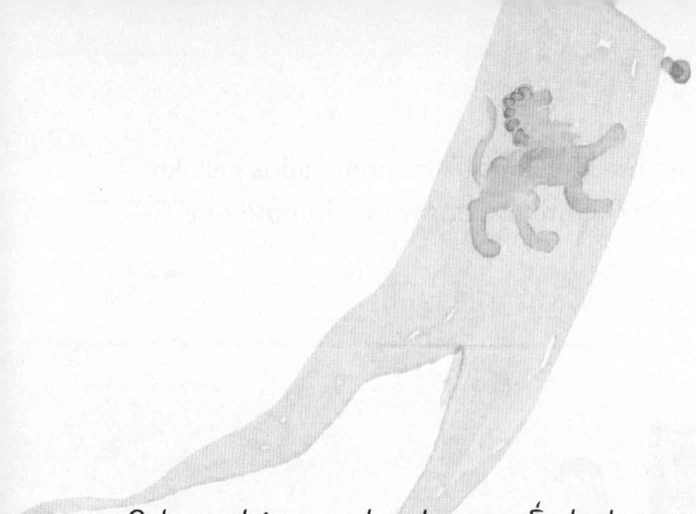

Ontem vi três caravelas chegarem. É ele de novo, de volta depois de trinta e três luas.

Eu penso naquele dia que hoje parece tão distante, aquele dia fatídico para todos os taínos, quando o Almirante desembarcou em nossa ilha, recebido tão alegre e inocentemente por Guakanagarik.

Será um grande dia para a rainha da Espanha? Este dia, o primeiro de nossa convivência com os europeus, é o primeiro do nosso declínio. Tudo começara tão bem...

Para sua terceira viagem, Colombo reuniu seis navios, que navegam juntos para as Ilhas Canárias, depois se separam: Colombo envia três caravelas para Hispaniola, enquanto ele, com outras três, segue uma nova rota para continuar a exploração. Ele navega para sul, para oeste. Mais uma vez, os marinheiros entram em pânico quando a água e os suprimentos começam a faltar.

Finalmente, Colombo chega à costa da atual Venezuela, descobre o gigantesco delta do Orinoco, as pérolas da região, a ilha de Trinidad.

Suas caravelas têm a bordo artesãos de diversas áreas de competência, religiosos para garantir a ordem e a evangelização, e sobretudo mulheres — trinta! — para limitar os conflitos de origem sexual na colônia.

Mas há também presos, criminosos condenados pela lei — outra contradição de Colombo: pensava realmente que eles iam se comportar bem?

Chega a Hispaniola em agosto de 1498.

Cristóvão Colombo não reconhece mais nada. O inferno que ele tem diante dos olhos não tem nada a ver com o paraíso que deixou há pouco menos de três anos ...

— Meu Deus! É impossível... Este é o Ayiti, minha pérola das Antilhas? Onde estão as florestas de palmeira, de mogno, de samaúmas? Onde estão as roças tão bem cuidadas? Todos esses cadáveres empilhados, esses corpos doentes e contorcidos, essas piras, esses homens e mulheres torturados... Que paisagem macabra...

O místico iluminado que pensava ter descoberto o Paraíso terrestre está agora diante do Inferno.

Anacaona devolve ao Almirante o violão que esse lhe tinha dado. Ela se lembra do primeiro *areito* realizado em sua homenagem, em Yaguana. Eles cantaram e tocaram por horas, num encantamento que Anacaona acreditava ser recíproco.

Miguel de Santangel, que acompanhava Colombo na época, mostrara à cacica como dedilhar o violão e fazer uma melodia. Os taínos, tão sensíveis à música, ficaram sem palavras, eles que só conheciam instrumentos de percussão e sopro.

O corpo de Anacaona tremera.

No dia seguinte, Anacaona mandara para Colombo e Miguel uma rede cheia de flores, para que o sono e os sonhos deles fossem doces. O mensageiro também cortara, diante dos dois, um abacaxi bem doce e o oferecera como símbolo de boas-vindas.

Nunca mais deixei o violão. Tocava pensando em Caonabo — e então a música assumia uma tonalidade melancólica. Às vezes, quando a alegria tomava conta, a música dava esperança e entusiasmo para toda a aldeia.

Adorava esse instrumento. Mas hoje, só toco melodias tristes.

O Almirante fica perturbado diante do presente devolvido. O violão está quebrado e as cordas enroladas em torno de um abacaxi podre.

Prefiro não o ver. O que eu poderia dizer a ele? Nós o recebemos de braços abertos em sua primeira viagem — e o que recebemos em troca? Desrespeito. Traição. Desolação...

Ele partiu, voltou com outros, partiu de novo, voltou com mais outros. São cada vez mais numerosos. E nós, cada vez menos. Quanto tempo isso vai durar? Até a nossa extinção?

"Extinção".

Eu disse isso, mesmo?

Esta ilha onde o vento soprava tão carinhosamente, da qual Cristóvão Colombo elogiava a extraordinária plumagem dos pássaros, a água tão clara, a suavidade do lugar, a majestade das árvores, de onde ele disse que não queria mais sair — esta ilha está invadida pelo fedor. Os Conquistadores agora só andam com um lenço no nariz. O cheiro de carne apodrecendo se espalha por toda parte.

Esta é minha última lembrança de Yaguana. Na minha cidade despovoada, não podia evitar os cadáveres amontoados na estrada. No meio do dia, o sol ficava nublado: os urubus eram tão numerosos que o obscureciam..

Voltei para as minhas montanhas e nunca mais as deixei.

O CREPÚSCULO DOS TAÍNOS

Um novo sistema mundial foi criado.
A humanidade agora se divide em dominadores e dominados. Vencedores e vencidos.
Humanos e sub-humanos.

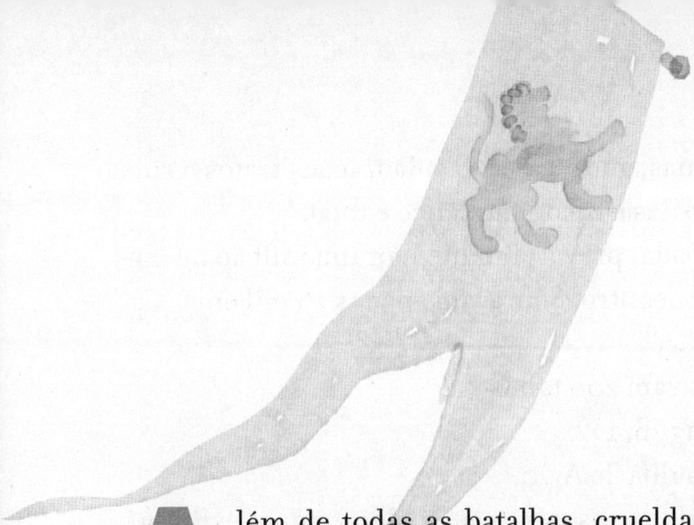

Além de todas as batalhas, crueldades e violências, um elemento foi fatal para os taínos: o choque viral. Exaustos pela escravidão, não têm mais força para resistir aos vírus. Eles morrem às centenas de milhares.

— Eles caem como moscas — exclama Francisco Roldán, autoproclamado governador de parte da ilha. Não é a prova de que Deus está do nosso lado? Não é um castigo que Deus mandou para esses idólatras?

Os espanhóis não previram essa vantagem que parecia uma arma caída do céu. Eles não a controlavam, nem mesmo sabiam que a possuíam. Mas rapidamente se acostumaram e nada fizeram contra as epidemias. E o que poderiam ter feito a respeito disso? Isolamento, quarentena?

Com as trocas comerciais que começavam, era impossível evitar o contágio. A globalização estava em marcha e não podia mais ser detida.

Essa vulnerabilidade mudou o curso da História. O que teria acontecido sem essas doenças? Os taínos, mais numerosos, mais bem armados e conhecedores do território, não teriam vencido?

Em cinco ou seis anos, antes do final do século 15, a população taíno de Hispaniola já tinha diminuído em dois terços.

Somando epidemias, guerras, escravidão, maus tratos e suicídios coletivos, o desastre demográfico é total.

A ilha era povoada, provavelmente, por um milhão de taínos na época do Encontro. Sobravam apenas 26 mil em 1514.

Em 1542, sobravam 200 taínos.

E no censo de 1568, 13.

Treze taínos na ilha do Ayiti...

No fim do século 16, os taínos serão declarados "extintos" — retomando a classificação utilizada para a fauna e a flora silvestres.

Um povo inteiro está "extinto".

O que dizer dos colonos e conquistadores espanhóis: responsáveis, mas culpados?

Eles são responsáveis por essa catástrofe, e alguns colonos deliberadamente espalharam doenças — não esqueçamos que eles conheciam os efeitos das epidemias: a Europa havia sido devastada no século anterior pela peste negra — e foram conscientemente cruéis e brutais.

Mas esses abusos individuais não são mínimos se comparados com a catástrofe demográfica? Não foram principalmente o intercâmbio colombiano e as epidemias decorrentes que devastaram o Ayiti e depois todo o continente americano?

Não, querida narradora. Não concordo e me sinto compelida a corrigi-la.

A agressão biológica é obviamente a mais explosiva, mas claramente houve, em relação a nós, uma vontade deliberada de etnocídio — a destruição da civilização de um grupo étnico por outro mais poderoso. Os espanhóis deliberadamente queriam destruir o sistema cultural taíno.

Imagino muito bem o Conquistador pensando: "É necessário desestruturar os vencidos, impedir suas manifestações culturais, destruir seus locais de culto, revirar seus túmulos, extirpar seus cultos pagãos, destruir sua explicação do universo, impor-lhes um novo modo de vida... Eles estarão, assim, prontos para a conquista".

Não consigo imaginar Colombo dizendo isso, nosso Almirante foi esmagado por forças que o sobrepujavam — mas posso imaginar Ovando, a quem você logo conhecerá, dizer, intelectualizar, pensar muito em seu íntimo, e aplicar isso. Com zelo.

E já que agora estamos conversando diretamente, deixe-me dizer a você algo de que me orgulho — mesmo ficando imundos, escondidos em cavernas úmidas, longe de nossas terras brilhantes e campos de batu... Mesmo tendo se tornado uma sombra dos taínos de outros tempos, os taínos nunca deixaram os espanhóis dormirem tranquilos.

Os colonos não falavam muito sobre isso, porque não se orgulhavam do medo que perpetuamente revirava seus estômagos, mas sempre se sentiram aterrorizados.

Eles nos temiam, nos temem e nos temerão.

Enquanto houver um taíno, um único taíno vivo, eles sabem que a semente da insurreição pode germinar a qualquer momento. Por mais que redobrem sua crueldade para nos desanimar, eles sabem.

Sabem que a conquista deles é desleal e que a nossa causa é justa.

Todas as guerras são impiedosas, mas essa é particularmente horrenda. É um ataque generalizado contra uma população civil, é uma violação deliberada dos direitos fundamentais de um grupo incentivada por motivos políticos, filosóficos, raciais ou religiosos; é a extinção deliberada de um povo e sua cultura.

Crime contra a humanidade, genocídio, etnocídio: tudo isso junto.

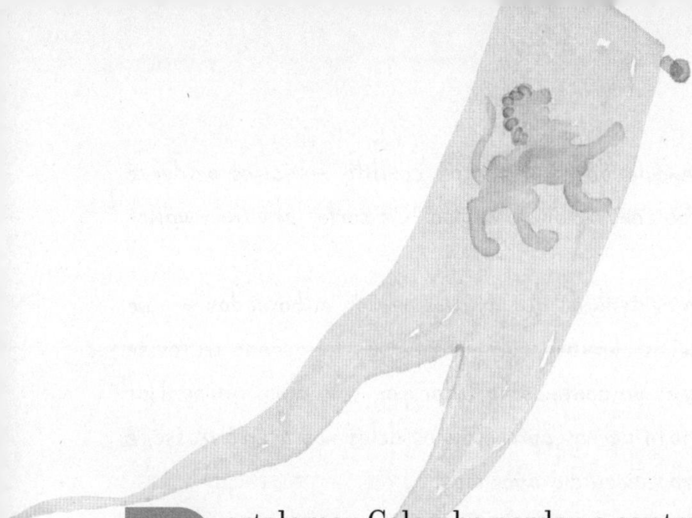

Bartolomeu Colombo perdeu o controle da ilha. Ele se refugia em La Nueva Isabela e não sai mais de lá. Sua autoridade não ultrapassa as fronteiras da cidade.

Quem manda no cacicado de Anacaona é Francisco Roldán Jiménez. Do outro lado da ilha, no cacicado de Marien, um grupo de castelhanos arrogou-se todos os poderes.

É o caos total.

Os reis católicos estão preocupados com a instabilidade e, em 1500, nomeiam Francisco de Bobadilla governador. Ele prende os irmãos Colombo e os manda de volta para a Espanha — que desgraça! — acorrentados.

Mas Bobadilla tampouco consegue controlar a situação. Os colonos espanhóis, recusando-se a enviar riquezas para a Coroa, fomentam motins, abusos e destruição.

Os taínos, por sua vez, enfraquecidos, cada vez menos numerosos, não capitulam.

Num dia estou convencida do resultado do conflito — vamos perder, é inevitável; noutro estou convencida do oposto — a sorte vai virar e vamos tomar a frente.

No entanto, tenho certeza de que essa guerra de emboscadas — que mais tarde outros irmãos chamarão de guerrilha — teria dado frutos se tivéssemos sido capazes de continuar a lutar por mais alguns anos. Mas é como se o simples fato de nos aproximarmos deles nos aterrorizasse, e nosso exército se enfraqueceu dia após dia...

A rainha da Espanha, assustada com a matança, demite Bobadilla e designa Nicolas de Ovando para ocupar o lugar dele.

Ovando chega em 1502 com a maior frota já enviada às Américas: trinta navios com 2500 colonos escolhidos para representar toda a sociedade espanhola e um exército de quatrocentos homens que querem "servir a Deus e ao rei, trazer luz àqueles que estão na escuridão e se tornar ricos".

As instruções de Ovando são claras: restaurar a ordem. Para ele, isso significa encontrar uma "solução final". Ele empreende sua missão com zelo. Usar pólvora contra os pagãos não é o mesmo que oferecer incenso ao Nosso Senhor?

Entre esses primeiros colonos encontram-se treze missionários franciscanos e Bartolomeu de las Casas, que mais tarde se tornará conhecido como "o protetor dos índios" ao expor em seus relatos as atrocidades cometidas pelo governador Ovando e seus soldados — a quem ele serviu na juventude.

"Não estou dizendo que os espanhóis querem matar diretamente os índios por devotar-lhes ódio", observa Bartolomeu de las Casas em sua *História das Índias*. *"Eles os matam porque querem ser ricos e ter muito ouro, que é o seu único propósito, mesmo às custas da labuta e do suor dos atormentados e infelizes."*

Contudo, a ganância, por si só, não explica a incrível crueldade demonstrada pelos Conquistadores. Eles não ficarão mais ricos queimando os taínos vivos, cortando-lhes nariz, língua, seios, pendurando-os pelos pés e sugerindo: *"Se não temos água para irrigar nossas propriedades, vamos irrigá-las com o sangue dos índios!"*, enquanto alimentam seus cães com bebês indígenas...

Que prazer é esse que eles experimentam com a crueldade, com o exercício de seu poder sobre os outros, com o poder de matar e exterminar?

Longe do poder central e real, todas as proibições caem por terra. Vale tudo.

Os massacres, que revelam o colapso moral da sociedade colonizadora, são pouco registrados. "Índios" são mortos sem qualquer identidade. A diferença entre metrópole e colônia nasce: as leis morais que regulam o comportamento não são as mesmas aqui e lá. Na Europa, o assassinato é punido; na América, o massacre não é: ele ocorre noutro lugar, diz respeito ao Outro.

Na ilha reina uma pulsão de morte generalizada.

É a natureza primitiva do homem que se destaca? Ou o ser moderno que aparece?

Ovando se enfia no interior da ilha, em direção às montanhas de Bahoruco, onde a selva é soberana e onde Anacaona e seus guerreiros rebeldes se escondem.

As batalhas sangrentas não desviam Ovando de seu objetivo principal: o enriquecimento pessoal, em primeiro lugar, e depois o enriquecimento do reino da Espanha. Ele melhora a exploração das minas e a plantação de cana-de-açúcar, funda outras cidades. Mas há falta de mão de obra. A taxa de mortalidade indígena é alta demais para satisfazer as ambições dos colonos. São necessários braços para explorar as riquezas da ilha.

Ovando então desterrou homens e mulheres das ilhas Lucayans — vizinhas a Hispaniola, pequenas demais para despertar a ambição dos colonizadores, mas povoadas pelos taínos lukku-cairi.

Os espanhóis vão caçá-los, capturando-os com redes, e voltam para Hispaniola com o navio cheio. Em poucos anos, dezenas de milhares de lucaianos são tirados de sua terra natal.

Mas os lucaianos são frágeis e perecem rapidamente. Por isso, Ovando manda trazer pessoas escravizadas da África para impedi-las de se comunicarem umas com as outras. O número de escravizados africanos aumenta muito depressa, tão depressa quanto o número de taínos diminui...

As bases do comércio triangular entre Europa, África e Caribe são estabelecidas.

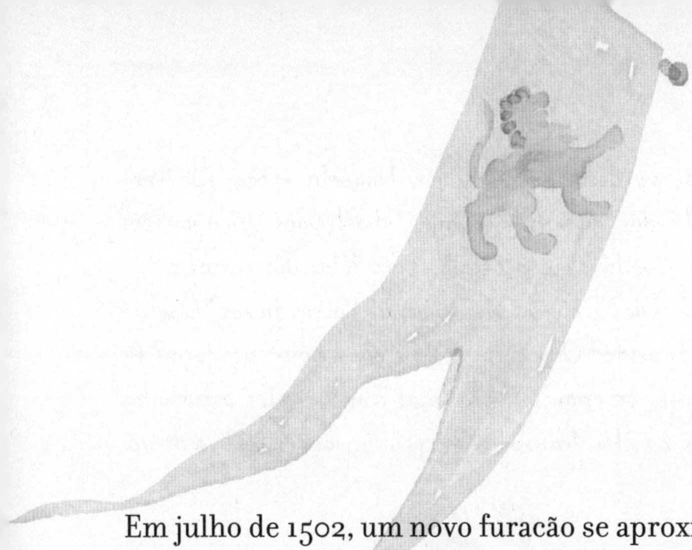

Em julho de 1502, um novo furacão se aproxima.

Eu senti que ela chegava... Guabancex está se aproximando. Ela esconde o sol durante o dia e as estrelas, à noite. Quando Guabancex fala, todos os outros deuses se calam. Ela tem coisas para nos dizer.

Os espanhóis, por sua vez, não veem o furacão chegando. Ou melhor, apenas um vê: Cristóvão Colombo, que já presenciara o fenômeno em 1495. Ele reconhece os sinais de alerta — mas está numa situação de tanta desgraça que ninguém acredita nele.

— Velho tolo! Que volte aos seus livros de magia e à Bíblia, e que se cale! — diz Ovando, cheio de si e irritado.

A tempestade é terrível. "*Nunca os olhos viram mar tão alto*", "*Nunca vimos céu tão terrível*", escreve aos reis da Espanha um Colombo enfraquecido e quase cego. Vinte e oito das trinta caravelas espanholas que tinham acabado de chegar a Hispaniola com Nicolas de Ovando afundaram, incluindo a caravela que levava para a Espanha, acorrentados, o ex-governador Bobadilla, o amotinado Francisco Roldán e o cacique Guarionex. A embarcação afunda com um valor de 200 mil *castellanos* de ouro a bordo, quase uma tonelada do metal...

Lembro-me dos huracans dos tempos antigos. Naquela época, nós permanecíamos bem protegidos em nossas cabanas, abastecidos com provisões para vários dias, e aproveitávamos a ocasião para falar dos nossos mitos. De onde vem a humanidade? De onde vêm os bons e nobres taínos? Quem é Guabancex, a deusa do vento? O que ela nos diz por meio de sua fúria? As histórias se encadeavam, as crianças abraçadas a nós — elas assustadas com a ira divina e nós, adultos, tranquilizados pela expiação coletiva de ira.

Nessa época, tudo tinha significado.

Olho para nós, hoje. Estamos escondidos numa caverna, sem provisões, e ninguém conta histórias. Um forte silêncio se abateu sobre nós. No entanto, há taínos orgulhosos ao meu lado, aqueles que ousaram dizer não!

As dúvidas me assaltam novamente: a que preço estamos travando essa guerra? Para salvar taínos, sacrificamos taínos.

Se perdermos, sei o que perderemos. Mas se ganharmos, o que ganharemos?

Eu ranjo os dentes, apertando Higuemota contra mim, mentindo para tranquilizá-la: "Não se preocupe, os deuses não se esqueceram de nós, eles logo vão voltar e acalmar Guabancex..."

Na verdade, minha querida, espero apenas uma coisa: que esse huracan dure para sempre.

Então o vento passou, a chuva parou. Reina um silêncio de morte, nenhum piado de passarinho, nenhum assobio de macaco. Fui para fora. Parece que todos os seres vivos foram embora.

O furacão parece ter purificado a humanidade.

Tive a impressão de renascer...

Diante das árvores caídas no chão e da paisagem desolada, comecei a cantar a plenos pulmões, a dançar e bater com força os pés no chão encharcado, espalhando a lama, girando, imaginando tambores, maracas, conchas, flautas, eu girei, girei, girei, olhos fechados, sentindo pouco a pouco que não estava mais sozinha. Nós giramos, giramos, giramos, e enquanto pudermos girar, vamos lutar.

O governador Ovando não consegue dar fim aos rebeldes, que não passam de algumas centenas, mas o impedem de proclamar a vitória total e a rendição da ilha.

Como a força pura é ineficaz, é hora de usar outras armas. A astúcia, por exemplo. Ovando anuncia uma visita à rainha Anacaona. Ele diz que deseja conversar, negociar um acordo.

Uma última vez, Anacaona decide acreditar nas intenções dos espanhóis — talvez seja possível um acordo de convivência, como o que ela havia mais ou menos conseguido com Bartolomeu?

Sonhei com um encontro com os colonos. Com uma descoberta. Com um diálogo entre culturas, no qual não seríamos reduzidos ao status de objetos, mas considerados sujeitos — sujeitos diferentes, com os mesmos direitos.

Um diálogo no qual ninguém teria a última palavra.

No qual seria reconhecido meu direito de ter vontade própria, ter meus valores.

No qual eu poderia viver a minha diferença na igualdade...

Anacaona organiza um *areito* com canções, poemas, danças, em que Nicolas de Ovando será o convidado de honra. Mas falta gente para desempenhar todas as funções, houve tantas mortes entre tatuadores, lutadores de *batu*, músicos... A cultura taíno está moribunda. Pouco importa, porém.

Anacaona se esforça para a comida ser farta, busca frutas, carne e peixe nos cacicados vizinhos, assume o papel de maquiadora, decoradora, cozinheira. Faz tudo, menos mostrar suas dificuldades a Ovando!

Ela reúne todos os guerreiros que consegue encontrar e ordena que se mostrem na melhor forma possível. Os taínos são nobres!

Ela mesma passa várias horas se arrumando — quer ficar deslumbrante, radiante de beleza.

Oitenta *nitaínos* pintaram o corpo com urucum para ficarem com uma bela cor vermelha. Trezentas mulheres embelezaram os tornozelos com sinos, os cabelos com flores, os pulsos com fitas. A festa será grandiosa.

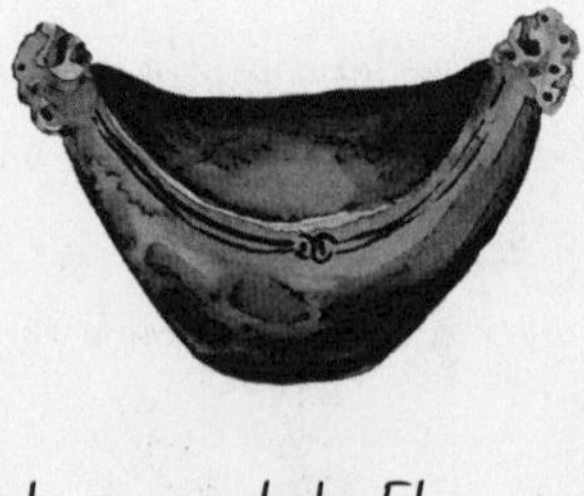

Ovando se sentou no duho ao meu lado. Ele se inclinou ligeiramente para a frente e colocou a mão no meu joelho. Eu sei o que esse tipo de gesto significa para eles.

— Cara rainha... Por que não cessar essas lutas inúteis? Vamos nos unir. Como você se uniu a Caonabo no passado, para criar um reino duplo, una-se a mim. Vamos criar uma Hispaniola unida!

— Unir... Mas como?

— Nossa união carnal simbolizaria uma união política. Pensei bem sobre o assunto... Vocês vão desaparecer, vocês já estão desaparecendo. O único futuro para vocês é a assimilação. Misturem-se à nossa civilização. Apaguem as suas particularidades. Para isso... É necessário produzir mestiços, que por sua vez produzirão outros mestiços... Abandonem seus costumes degradantes, adotem nossos valores, nossa bela cultura, nossa religião, nossa língua, nossos nomes. Em duas ou três gerações, espero que o sangue taíno, diluído, tenha perdido suas características inferiores e tenha sido purificado graças à convivência. A Coroa, em sua infinita generosidade, receberá os seus netos, que serão cristãos... O mestiço possibilita homogeneizar populações. O mestiço é a única opção para a sobrevivência do nativo, entendeu?

Fiquei em silêncio por alguns momentos, esmagada por tal raciocínio.

— Então você está me propondo casamento?

— Longe de mim essa ideia! — exclamou Ovando, ofendido, tocando sua cruz de Alcântara e declarando solenemente: "Eu sou religioso, cavaleiro da ordem Alcântara, e fiz voto de castidade e abstinência. Portanto, não é uma questão de casamento, mas de união, porque você é diferente...".

— Diferente?

— Se você fosse uma mulher, seria um pecado. Mas você não é uma mulher, cara rainha. Você é uma índia. Para Deus, isso não conta.

No meio da festa, Nicolas de Ovando fez o sinal combinado com Alonso de Ojeda e seus homens, para indicar o início do massacre:

— Ateiem fogo nas malocas desses selvagens!

Quase todos os taínos morreram queimados. Alguns conseguiram escapar, incluindo Anacaona, sua filha Higuemota e o corajoso Hatuey, que fugiu de canoa com quatrocentos homens e encontrou refúgio em Cuba.

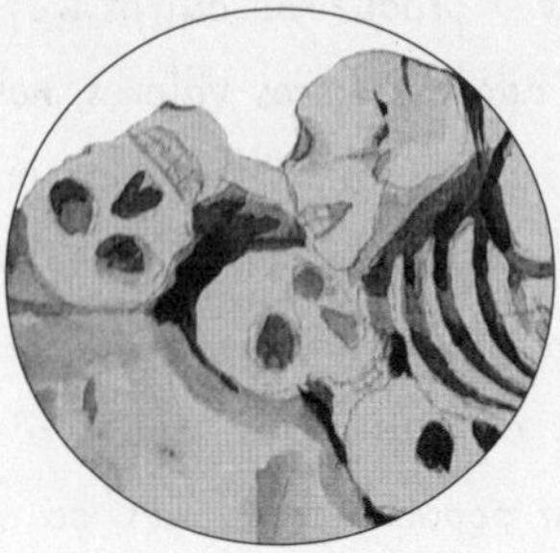

Essa carnificina será chamada de tarde vermelha. *Vermelha* como o sangue dos taínos massacrados, *vermelha* como as chamas que devoraram as cabanas de Yaguana.

A deslealdade tem uma cor? Então vamos acrescentar, por favor: vermelho como perfídia. Atacar-nos no meio de um areito...

Dentre os poucos objetos que sobreviveram ao incêndio, Ovando recupera uma estranha boneca, em que vê a forma terrível dos espíritos do mal.

— Mais um dos ídolos pagãos deles!

Ele tranca a boneca num cofre e a envia ao bispo, que por sua vez a enviará ao papa Leão X com o pedido expresso de exibi-la diante da basílica de São Pedro. A mensagem deve ser transmitida: o cristianismo venceu o paganismo.

Caríssima narradora, intervenho de novo... Vejo a situação de forma diferente... Gosto de imaginá-la de outro modo... Zemi-Bohechio sobreviveu ao massacre de Alcântara, sobreviveu à idiotice daqueles que roubaram seus olhos de madrepérola e seu colar de ouro. Atravessou o oceano e desembarcou nas mãos do representante de Deus na Terra... Quem ganhou?

Bohechio está vivo!

Pergunto-lhe de novo: quem ganhou?

Do massacre sobrevive também um garotinho de grandes olhos negros. Ele é mudo, impossível fazê-lo dizer uma palavra, saber quem ele é — mas Ovando adivinha que ele deve ser filho de *nitaíno*, talvez até um parente ou o filho de Anacaona e Caonabo? Ele diz isso aos monges, que começaram a escolarizar as crianças pequenas — apenas os meninos. Os monges vão batizá-lo Enrique, Enriquillo.

Oh, Guarocuya! Quando vi esses cães ateando fogo em nossas cabanas e, mais uma vez, descumprindo a palavra deles, corri, não olhei para trás. Não tive tempo de me virar. Vi Higuemota ao meu lado, pensei que você estava nos seguindo, você sempre foi tão rápido na corrida, sempre tão animado! Quando finalmente, depois de várias horas, paramos, notei sua ausência. Eu não fiquei com medo — você conhece a floresta perfeitamente, você terá tomado outro caminho e se juntará a nós no ponto de encontro... Depois de vários anos, aprendemos a fugir — o combinado é nos espalharmos em todas as direções para despistar os espanhóis — e nos encontrar depois. Porque nós conhecemos a nossa terra, eles não.

Esperei por você, vários dias, até entender que você não viria mais. Ah, Guarocuya!

Perdi Caonabo, perdi Bohechio, perdi Biatibiri, Tibiri, Chilam, Halinzin. Mas Guarocuya, é demais.

— Mamãe, levante-se... Higuemota pede, com voz trêmula, sacudindo meus ombros.

Mesmo por minha filha, acho que não tenho mais forças para continuar.

Eu perdi a força
Presa entre o martelo e a bigorna.
A angústia tomou conta das minhas emoções.
Eu definho
No torno do engano
E navego na bruma da minha amargura
No volume máximo...

Eles levaram tudo: nossas línguas, nossos costumes
Até nossos nomes.
O povo taíno esqueceu quem era
Quando a noite caiu sobre o seu passado...

Minha inspiração... Minha inspiração voltou!
Anacaona, a insurgente
Levantou-se.
Sou perseverança, persistência, resistência, resiliência.

Diante da fuga de Anacaona, Ovando enlouquece de fúria.

Anacaona é astuta e escorrega por entre suas mãos como um réptil. Um mês, dois meses, três meses, quatro meses, há cinco meses ela lhe escapa! E várias vezes por pouco — as cinzas de seu acampamento ainda estavam quentes...

Finalmente, depois de seis meses de perseguição — seis meses de chacina, porque Ovando mandou matar todos os taínos, independentemente da idade, até a captura da rainha rebelde — Anacaona, a insurgente, foi capturada, depois trancada na prisão de Santo Domingo de Gúzman, como agora é chamada La Nueva Isabela, completamente destruída pelo furacão de 1502.

Ovando exulta. "*Satanás agora foi expulso de Hispaniola, toda a sua influência desapareceu pois a maioria dos índios está morta.*"

Trancafiada no calabouço, aguardando minha execução, revejo minha vida.

Será que errei em tentar viver com os espanhóis nos primeiros anos? E se os tivéssemos expulsado logo no início, quando chegaram famintos e desgrenhados nas praias do reino de Guakanagarik?

Há várias gerações, nossos areitos têm contado nossa genealogia, nossas conquistas, nossas batalhas...

Tenho medo: daqui a alguns anos, o que os areitos dirão sobre nós, os corajosos taínos? O que dirão sobre minha luta, terei deixado um rastro?

Mas, acima de tudo... Sobrará alguém para contar nossas histórias? Para contar a minha história?

Na prisão, um religioso veio até mim para me convencer a aceitar o Deus dele, o Deus deles.

— Você aceita o batismo? Aceita o nome de Maria Madalena, a pecadora arrependida? Uma última vez, eu te imploro, aceite Deus e você irá para o Céu...

O céu... Sinto falta de suas cores, nuvens e estrelas. Faz vários dias que estou sem ver sua doçura e fúria, desejo tanto rever o céu — e por que não ir para lá...

— E você, vai para o céu? — perguntei ao padre.

— Se Deus me aceitar, em sua infinita generosidade, sim...

— Todos os espanhóis vão para o céu?

— Se Deus os aceitar, em sua infinita generosidade, sim...

— Então, obrigada, vou para outro lugar.

Os olhos e a boca do homem de traje marrom se crisparam numa careta maldosa.

Na umidade pútrida do calabouço, aonde chegam apenas alguns raios de luz, penso no que será de mim depois da minha morte. Voltarei à Terra no corpo de outra?

Recebi a visita do governador Ovando. Que traidor sujo! Uma língua de serpente, incapaz de honrar sua palavra!

Ele reitera seu acordo odioso. Eu me lanço sobre ele para estrangulá-lo, arrancar-lhe um olho, arranhá-lo, mas minhas correntes me impedem de fazê-lo.

Então, para que ele compreenda que jamais nos curvaremos aos seus desejos, porque praticar a miscigenação para tornar o nativo mais aceitável e fazê-lo desaparecer é inaceitável, e porque eu preciso muito fazer alguma coisa, cuspo no rosto dele.

— Prefiro morrer!

Hoje é o dia em que perderei minha vida. Algumas horas antes, fui tomada pelo pânico. Morrer... Mas eu não quero morrer! Por que já vou morrer?

Porque recusei a religião deles? Mas estou pronta para aceitar sua religião, seu Deus, seus santos. Sim, vou fingir, rezarei fervorosamente para a Santíssima Trindade pensando na minha Trindade, rezarei para a Virgem Maria deles pensando em Guabancex, rezarei pelo nascimento do Salvador deles pensando na minha estrela...

Por que já vou morrer? Porque defendi minha terra? Porque defendi meu povo? Cometi algum crime?

Eu amava tanto a vida, meu querido Ayiti...

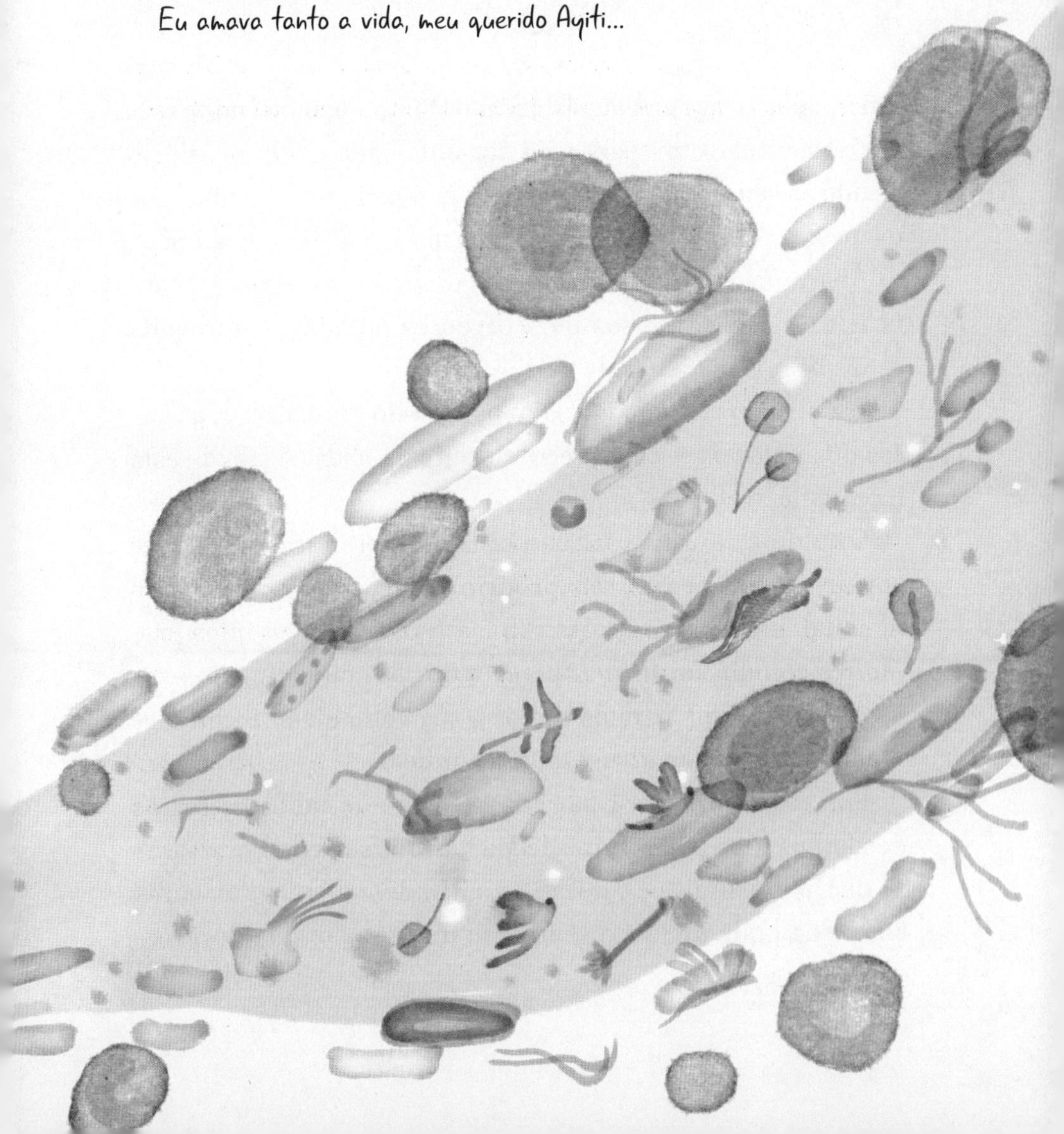

"Bem viver e bem morrer."

Dizem que a morte é doce quando a vida foi bem vivida.

Eu bem vivi?

Em 1504, na praça principal de Santo Domingo, numa noite sem lua, Anacaona se prepara para ser enforcada — um privilégio devido ao seu status de rainha. Seus companheiros, capturados na mesma ocasião que ela, morrerão queimados na fogueira.

Anacaona caminha lentamente da prisão até a praça, tornozelos e braços presos por correntes pesadas, e aproveita seus últimos instantes de vida.

Ela olha ao redor: a igreja, o palácio do governador, as casas dos notáveis — e não reconhece mais nada. A cidade está irreconhecível!

Ovando se engajou numa política de grandes obras e fez construir, em pedra, seu próprio palácio, uma igreja, um hospital, algumas casas. As cabanas em que viveram os primeiros colonos foram desaparecendo aos poucos.

Anacaona olha para os rostos à sua volta e não reconhece mais ninguém. Seu povo está irreconhecível!

Finalmente, ela vê Guaricha no meio de todos os rostos desconhecidos — uma taíno de Magua, que se casou com Alonso de Ojeda. A raiva e o desgosto a invadem de repente: como Guaricha pode dividir o leito com um homem que despreza os taínos? E Alonso, em seu insano padrão de pensamento, a considera uma "mulher" ou uma submulher "indía"? Ele estabeleceu uma diferença entre *ela* e os *outros*? Sim, para poder dormir ao lado dela, ele deve ter se convencido de que Guaricha não era como os outros taínos. E ela, para poder dormir ao lado de Alonso, precisou se convencer de que ela não era como os outros taínos. Ou talvez tenha se convencido de que essa era sua única opção de sobrevivência...

"Eu deveria tê-la procurado, para descrever-lhe nosso acampamento em Bahoruco, mostrar-lhe que existem outras possibilidades de existir além da cama do colonizador, explicar-lhe a beleza da insubordinação..."

Guaricha e Alonso tiveram três filhos, três mestiços reconhecidos pelo pai e educados pelos monges, três "assimilados".

"A menos que as crianças tenham sido o fruto de um amor entre dois opostos..."

O barulho das correntes a traz de volta a si.

Ela está no meio da multidão, que se tornou numerosa. E ela cheira — a podridão dos cadáveres, a podridão da cidade. Seu coração dispara. O pânico e o desespero retornam.

Anacaona para por um instante, olha para o céu que começa a cintilar cheio de estrelas, fecha os olhos, se acalma enquanto respira profundamente. Não é isso que vai levar com ela. Seu espírito escapa do corpo prisioneiro no solo. Ela cheira a maresia, as frutas maduras e a peixe assado, o aroma de musgo esfregado na pele... Vê seus irmãos e irmãs jogando *batu*... Ela se vê deitada, nua, sendo tatuada... Vê mais uma vez suas roças de milho... E se lembra de banhos no rio...

"Em nome da Santíssima Trindade, pergunto-lhe uma última vez, você aceita..."

A Trindade Taíno... Anacaona sorri.

Ela viveu intensamente cada dia da sua vida. Pode ir embora sem arrependimentos.

Quando sobe na pira, seu olhar cruza com o de um menino de olhos pretos amendoados — Guarocuya! Ele está vestido, com cabelo curto, cercado por monges — mas está vivo! Ela quer falar com ele, mas o menino se vira e se afasta, chorando.

"Não vá embora, Guarocuya..."

O coração de Anacaona começa, novamente, a bater forte. Ela precisa fixar o olhar em algum lugar... Alguém para ajudá-la! Ela espera que Higuemota não esteja ali, que sua filha esteja bem escondida — mas, secretamente, gostaria de vê-la para recuperar a coragem. É muito difícil morrer sozinha!

Quando lhe colocam a corda em torno do pescoço, seu olhar cruza com o de uma jovem. Elas se olham intensamente — uma simboliza o futuro da ilha, a outra a recusa de um passado absurdo — e se reúnem no presente.

— Qual é o seu nome? — pergunta-lhe a *cacica*, do topo da pira.

— Victoria.

Com uma voz que ela se empenha para soar mais alta e segura possível, Anacaona orgulhosamente lhe pergunta:

— Então você não tem um nome taíno?

Victoria permanece em silêncio, uma dor súbita no olhar. Anacaona se pergunta qual é a história da menina: ela é fruto de um estupro? De uma união como a de Guaricha e Alonso? De uma história de amor como a de Kassave e Baramaya?

Victoria está confusa. Ela deve se alegrar, como os espanhóis, ou baixar os olhos, como os taínos?

— Tome meu nome. Eu te dou. De agora em diante, seu nome será Victoria-Anacaona. Porque você é espanhola e taíno. Você pode ser os dois. Seja os dois...

O chão se abre sob os pés de Anacaona. Com o olhar, ela continua a falar com a jovem:

Perdi minha vida, mas encontrei outra. Em você.

Anacaona morreu aos 30 anos.

Algumas semanas depois, ocorreu o eclipse lunar total previsto pelo grande Chilam.

Para os guerreiros sobreviventes, durante mais de uma hora, a lua sangra o sangue de Anacaona.

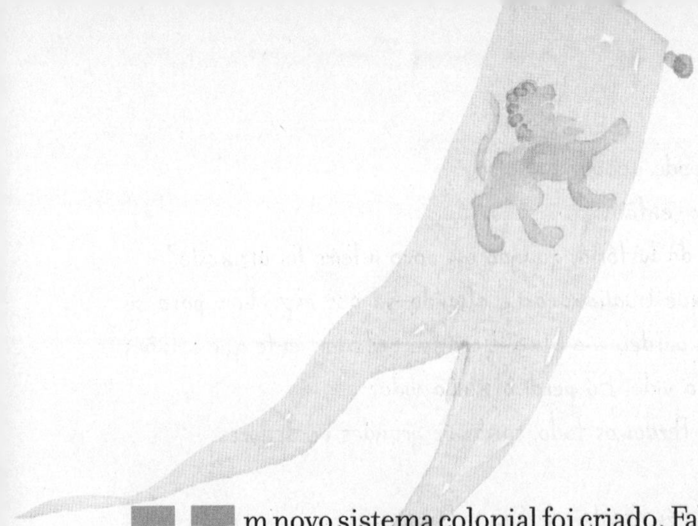

Um novo sistema colonial foi criado. Fala-se agora de dominadores e dominados. De vencedores e vencidos. O universo, a sociedade e a cultura taíno desapareceram com a passagem de Cristóvão Colombo, varridos por doenças e pela colonização. Por onde os espanhóis passaram, para conquistar ou explorar, um fogo devastou tudo pelo caminho, transformando em fumaça existências inteiras, gerações inteiras.

Em algumas décadas, o passado emudeceu.

Imenso silêncio... Os taínos foram simplesmente varridos da face da Terra.

O calor e a umidade do clima decompuseram os *duhos*, as canoas, as *hamacas*, os *zemis*, os cocares de penas.

Dos taínos sobraram apenas alguns cacos de artefatos de cerâmica. Suas línguas, seus costumes, suas crenças, suas culturas, tudo desapareceu.

Os vencidos, os vencedores, ninguém parece se lembrar de mais nada.

Amnésia total.

Mas a história não pode acabar aqui.

Onde ela termina, então?

Onde está o fim da história, quando um povo inteiro foi dizimado?

Eu disse antes que Guakanagarik, aliando-se aos espanhóis para se livrar dos kalinagos, perdeu sua alma. Eu disse anteriormente que milhões de taínos perderam a vida. Eu perdi a minha vida.

"Perder, perder"... Perdemos tudo, somos os grandes perdedores.

Perder, perder...

E eles? Eles também perderam. Sim, estou convencida de que os vencedores perderam. Moral e espiritualmente, eles perderam, se aviltaram. Tirando nossa humanidade, perderam a deles. Sim, eles também perderam a alma na colonização.

Um irmão, um vizinho — um africano deportado para a ilha vizinha de Martinino — afirmou alguns séculos depois que o colono plantou as sementes da barbárie em nossa terra e as deixou crescer. Vitorioso em quase todos os lugares, sem precisar prestar contas a ninguém, ele impôs suas opiniões, sua hierarquia de raças, a todos os continentes. Ele não foi condenado pelo nosso genocídio. Pôde então seguir em frente. E nosso genocídio precedeu o de milhões de outros homens e mulheres.

Taíno significa "bom e nobre" na nossa língua.

Eles nos chamaram de "selvagens", "primitivos". Apresentaram-nos como idólatras e sanguinários. Atrasados e preguiçosos.

Desse encontro poderia ter nascido uma nova cultura, forte por conta das riquezas de cada um, baseada no respeito e na amizade entre os povos... Poderíamos ter vivido harmoniosamente juntos.

O curso da vida decidiu o contrário, e todos nós caímos como moscas, em um choque biológico sem precedentes. O humano também decidiu o contrário — não vamos esquecer! — preferindo ver desaparecer um mundo inteiro, um conhecimento, uma sociedade, num choque de civilizações. Assim foi.

Gosto de pensar que entre os poucos taínos sobreviventes está minha filha, Higuemota. O sangue taíno dela terá se misturado com o sangue dos espanhóis? Com o sangue dos africanos trazidos à força para nossa Terra? Meus irmãos africanos... Assim como os espanhóis nos chamavam todos de índios, sem distinção, eles também chamavam vocês todos de africanos, sem distinção. De onde vocês vêm?

Meus irmãos e irmãs nagôs, iorubás, bantos, bambaras, congos, tacouas, hauçás, moçambiques, cotocolis, ibos, aradas...

Maltratados como nós, vítimas de injustiças, como nós. A eles também foi negada a condição de seres humanos. Eles também foram privados de seus nomes, histórias, mitos. Meus irmãos do continente africano... Eles também se esconderam em nossas montanhas. Onde alguns anos atrás nos refugiamos, eles se refugiaram também. Higuemota deve tê-los ensinado nossas técnicas de sobrevivência, nosso conhecimento sobre as plantas, nossas técnicas de cultivo.

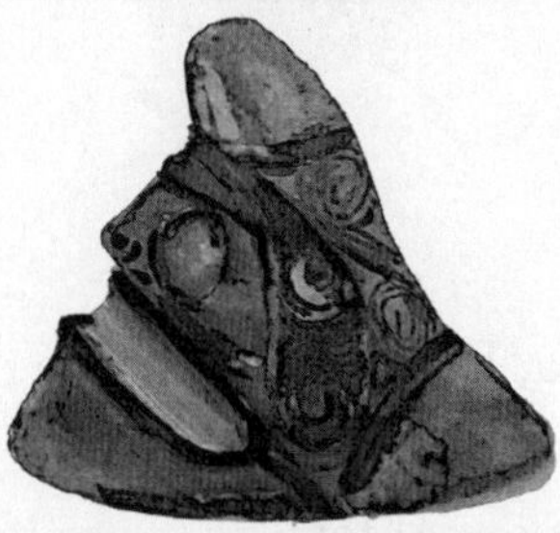

Hoje, daqui onde estou, eu sonho... Sonho que a observação, a emoção, a sensibilidade retornarão ao coração de nossas vidas...

Sonho que nosso pensamento humanista e de respeito à natureza não será perdido. Que um dia, talvez muitos séculos mais tarde — muitos séculos de loucura destrutiva mais tarde — o humano retornará à Terra. Que ele irá explorá-la ao mesmo tempo em que a aprecia e ouve, sem esgotá-la. Que ele saberá dialogar com ela — com a natureza, como com o humano, não é tudo uma questão de respeito?

Sonho que essa loucura de acumulação, dominação, extermínio, cessará...

Sonho que essas relações de poder sem sentido que os espanhóis trouxeram com eles — a desigualdade entre os governantes e os governados — serão revertidas...

Sonho que um dia não seremos julgados pela cor da nossa pele, por nossas origens, nossa religião, mas pelo valor do nosso caráter...

Eu sonho e penso nas mulheres... Muitas de nós resistiram e lutaram. Nós, as mulheres nativas, a quem os colonos designaram um lugar, atribuíram um papel, que nos era desconhecido. Nosso papel na história será totalmente reconhecido algum dia?

Sonho e penso em Victoria... O futuro da minha ilha...

Refugiado em Cuba, Hatuey aconselhou os taínos a jogar fora todo o seu ouro — a causa de todo o mal, em suas palavras. Ele liderou a guerrilha e manteve os espanhóis sob controle por vários anos, antes de finalmente ser capturado e queimado vivo em 1512.

No Ayiti, Guarocuya fugiu e chegou às montanhas de Bahoruco em 1519. Educado pelos espanhóis, sabendo como pensam e agem, ele assumirá as táticas de Anacaona: uma boa rede de informantes e de suprimento de víveres, ações direcionadas e rápidas. Sua vitória, em 1522, lhe permitirá recuperar alguns territórios.

Mas sua morte, em 1533, soa como o golpe de misericórdia na resistência ayitiana.

Esporadicamente, individualmente, taínos se insurgem, mas não existe mais uma rebelião coletiva organizada.

Substituídos por escravizados africanos, por mestiços, os taínos desaparecem.

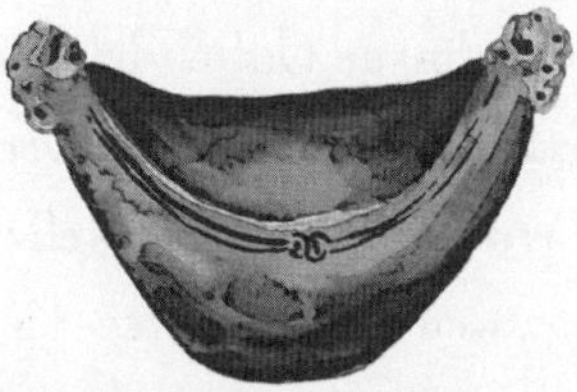

Hispaniola, após três séculos de dominação espanhola, tornou-se a primeira colônia nas Américas a ganhar sua independência. Finalmente, ganhamos o direito de viver em nossa terra, podendo usufruir do fruto do nosso trabalho sem ter que doá-lo injustamente a um outro.

Exatamente três séculos depois da minha morte — trezentos longos anos — meus irmãos do continente africano que se tornaram ayitianos conquistaram a independência ao custo de longas batalhas e muitas vidas humanas. Eu os acompanhei em suas lutas. Finalmente conquistamos nossa liberdade — insisto, somos nós que a conquistamos por meio de nossos três séculos de guerrilha, não foram eles que a "ofereceram" para nós!

Serei franca com você. Durante muito tempo, vivenciei intensamente esses sentimentos: devastação diante das epidemias que nos dizimaram, raiva diante das traições recorrentes dos espanhóis, humilhação pela falta de consideração com a nossa cultura, dor diante da desumanidade da escravidão e, a seguir, tristeza diante das estátuas erguidas em memória desses conquistadores — eles, descobridores?! — que na verdade não passavam de invasores, gananciosos brutos...

Por fim, consegui esquecer minha amargura. Os taínos permaneceram homens e mulheres livres.

O que também me conforta é saber que, cinco séculos depois, minha história, que mescla dignidade, coragem e tragédia, não se perdeu — pois hoje você a ouve e a lê.

Eu já existia antes, mas existo ainda mais quando você me lê.

Obrigada...

Eu gostaria, igualmente, que você se lembrasse disso sobre mim: as boas-vindas, de braços abertos, ao Outro. Podemos viver juntos. Conviver. Acreditei nisso, fui malsucedida — mas seja você bem-sucedida. Faça melhor do que eu fiz — principalmente, faça melhor do que eles.

Passados cinco séculos, meu espírito de resistência e minha determinação guerreira continuam inspirando pessoas ao redor do mundo.

Seja altiva, permaneça de pé, lute contra a injustiça e resista ao invasor, seja ele quem for: lembre-se de mim e lute por isso. Com dignidade.

Lembre: "Eu sou perseverança, persistência, resistência, resiliência..."

Chilam me ensinara: no universo, nada é criado, nada se perde. Minha energia ainda flui, misturada, separada, transformada, mas presente.

Perdi minha vida, mas encontrei outra.

Em Paula,
em Valentina,
em Victoria,
em você.

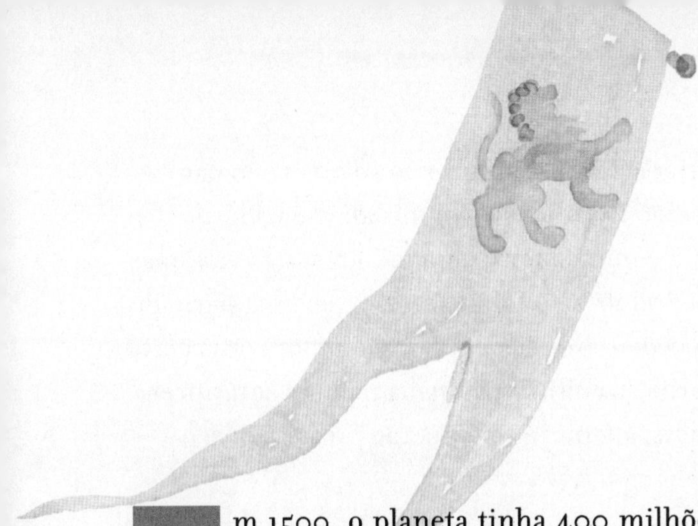

Em 1500, o planeta tinha 400 milhões de habitantes, dos quais 80 milhões estavam nas Américas — o continente mais povoado.

Em 1550, as Américas contavam apenas 10 milhões de habitantes...

A Conquista resultou na morte de pelo menos 90% da população original, ou seja, 70 milhões de pessoas em cinquenta anos.

Em uma só geração aconteceu uma catástrofe demográfica absoluta, imediata, única.

Enfim, do drama do Ayiti nasceu o drama africano: desde os primeiros anos do século 16, africanos são deportados para servir de mão de obra... Às centenas, aos milhares e depois aos milhões.

O Ayiti, a primeira colônia do Novo Mundo, tornou-se o coração do comércio entre a Europa e essas novas terras, e desempenhou um papel proeminente até meados do século 16.

Os erros cometidos em Hispaniola não se repetirão nas outras regiões que serão invadidas e colonizadas mais tarde. No México e no Peru, a conquista não será menos sangrenta, mas os espanhóis procurarão pelo menos preservar uma parte do mundo que os precedeu. No México, Cortés imporá uma certa mestiçagem de corpos e culturas; a língua nahuatl será aprendida pelos espanhóis; alguns templos serão preservados.

Os taínos, apesar de tudo, deixaram sua marca. Pensemos nas palavras taíno que entraram no vocabulário comum: *tabacu*, *hamaca*, *barbacoa*, *canoa*, *manati*, *mahogany*, *huracan*... Os taínos moldaram o imaginário europeu sobre o que é ser indígena: na Europa, muitas percepções e ideias recebidas sobre o continente americano vêm, na realidade, das civilizações caribenhas.

Os taínos foram a primeira população descoberta do Novo Mundo e a primeira a desaparecer – e por isso foram mitificados como tendo as características do homem em estado de pureza original, para aplacar a culpa dos europeus? Incapazes de conservar os "índios" vivos, eles os idealizaram depois de mortos...

Cristóvão Colombo inaugurou a era da globalização.

Em alguns anos, bens e mercadorias circulam entre América, África, Europa, Ásia. Dezenas de milhões de africanos povoarão as Américas. Bananas e café, originários da África, se tornarão as principais culturas da América. Milho e mandioca, nativos das Américas, serão cultivados na África. Pimentões e tomates, nativos das Américas, formarão a base da culinária tailandesa e italiana. Batatas, originárias dos Andes, encantarão os europeus...

O mundo se tornou global.

Desde 1492, a Europa tem se esforçado para assimilar o Outro, para fazer sua alteridade desaparecer, e em grande parte tem conseguido. O modo de vida e os valores europeus e judaico-cristãos se espalharam pelo mundo. Como Cristóvão Colombo queria, os colonizados aceitaram os costumes dos colonos e se vestiram.

A Conquista criou nossa sociedade moderna — uma sociedade moderna nascida dos escombros do genocídio indígena, nascida da exploração frenética do continente americano e da mão de obra africana para alimentar a máquina capitalista. Um desastre demográfico para dois continentes, América e África. Um desastre moral para todos.

Hoje, mais de meio milênio depois, os responsáveis e as vítimas estão mortos — mas nem todos enterrados.

Não se esquece a história. Nós, europeus; nós, americanos, somos todos resultado desse encontro entre o Velho e o Novo Mundo, entre Cristóvão Colombo e Anacaona.

A vitória deles é a nossa derrota, dizem alguns. Nossa vitória é a derrota deles, dizem outros. Prefiro assumir coletivamente: nossa vitória é também nossa derrota.

Algumas datas...

Século 10 aproximadamente: Migração dos aruaques da bacia amazônica e do Orinoco (hoje Venezuela e Guiana) para as atuais Pequenas e Grandes Antilhas e talvez até para a Flórida e a península de Yucatán, no México. Eles então se tornam taínos.

Século 11: Os vikings chegam à América (do Norte) sem estabelecer uma colônia permanente.

2 de janeiro de 1492: Queda de Granada. Assim termina a *Reconquista* da Península Ibérica, ocupada por muçulmanos desde o século 8. Os espanhóis agora estão livres para empreender outros negócios.

Agosto de 1492 a março de 1493: Primeira viagem transatlântica de Cristóvão Colombo.

Outubro de 1492: Os marinheiros das caravelas *Niña*, *Pinta* e *Santa Maria* chegam à ilha de Guanahani, nas Bahamas (12 de outubro). Em 28 de outubro, desembarcam em Cuba.

6 de dezembro de 1492: Chegada ao Ayiti (chamado *Bohio*, *Babeque* ou *Quisqueya* nas línguas taíno). Os espanhóis renomearam-no Hispaniola. Os taínos, por sua vez, chamam os estrangeiros de *guamikenas*, "aqueles que estão totalmente vestidos".

Natal de 1492: Construção do forte da Navidad, no cacicado de Marien.

Janeiro de 1493: Colombo retorna à Espanha, deixando 39 homens em Hispaniola.

Setembro de 1493 a abril de 1496: Segunda viagem de Cristóvão Colombo.

Novembro de 1493: Destruição do forte da Navidad e massacre de seus habitantes pelo exército de Anacaona e Caonabo.

28 de novembro de 1493: Colombo está de volta a Hispaniola (depois de chegar às ilhas de Marie-Galante, Dominica, Guadalupe) com dezessete navios, 1500 homens, doze missionários, animais e sementes. A colonização pode começar.

1494 a 1500: Bartolomeu Colombo, irmão de Cristóvão, é governador da ilha.

1495: A Batalha de Vega Real, na planície de Cibao, dura dez meses. O capitão Alonso de Ojeda se destaca. Credita-se a ele a captura de Caonabo, após uma traição. Funda o Forte de São Tomás.

Abril de 1496: Colombo retorna à Espanha com quinhentos taínos em seus porões. Duzentos deles morrerão durante a travessia, os outros serão vendidos como escravos.

Maio de 1498 a outubro de 1500: Terceira viagem de Cristóvão Colombo.

1500-1502: Francisco de Bobadilla é governador da ilha. Os irmãos Colombo, caídos em desgraça, retornam à Espanha acorrentados.

1500: Dois terços dos taínos do Ayiti já em sido dizimados (cerca de 650 mil pessoas)

Maio de 1502 a novembro de 1504: Quarta e última viagem de Colombo, com proibição da Coroa de pisar em Hispaniola. Colombo explora o Caribe e continua querendo encontrar uma passagem rumo à China.

1502-1509: Nicolas de Ovando é governador. Ele chega a Hispaniola com trinta navios, 2500 colonos, quatrocentos soldados e treze missionários franciscanos (entre eles, Bartolomeu de las Casas). Inicia uma política de grandes obras em Santo Domingo, estabelece plantações de cana-de-açúcar e traz escravizados da África.

1502: Furacão devastador. La Nueva Isabela, arrasada, é reconstruída na margem oposta do rio e renomeada Santo Domingo. É hoje o mais antigo local de assentamento europeu habitado nas Américas.

1502: O cacique rebelde Guarionex é enviado para a Espanha com uma enorme carga de ouro, mas o navio em que viaja afunda durante o furacão de 1502.

1503: Massacre de Alcântara, ou a tarde vermelha (*la tarde roja*): Ovando, recebido por Anacaona para um *areito*, põe fogo no acampamento taíno. Anacaona escapa. Ovando manda matar todos os taínos encontrados até que ela seja capturada.

1504: Anacaona se recusa a ser concubina de Ovando e morre por enforcamento. Sua recusa sela sua lenda.

1506: Morte de Colombo na Espanha. Quando percebeu o que a descoberta do Novo Mundo implicava, o rei Fernando se recusa a restituir ao Almirante as prerrogativas especificadas em 1493 quando ele retornou de sua primeira viagem. Colombo, embora amargurado, não morreu na miséria.

1503-1512: Hatuey, refugiado em Cuba desde o massacre de Alcântara, lidera a rebelião taíno. Aconselha os habitantes da ilha a jogar fora todo o seu ouro, segundo ele a causa de todos os males. É capturado e queimado vivo em 1512.

1515: Alonso de Ojeda, depois de se casar com a taíno Guaricha e conquistar a Venezuela, é enterrado na entrada do mosteiro de São Francisco para ser pisoteado por aqueles que entram, em pagamento por seus erros. Guaricha se deixa morrer sobre o túmulo dele.

1522: Guarocuya, capturado em 1503 e batizado Enriquillo, é criado pelos monges espanhóis e leva uma vida "assimilada". Tudo muda quando sua esposa, Mencia, é estuprada por colonos. Ele então foge e lidera uma grande rebelião taíno, vitoriosa em 1522. Ele assina um tratado de convivência, que reconhece o direito dos taínos sobreviventes à liberdade e à propriedade (e que dificilmente será respeitado). Teria sido enforcado em 1533, mas diz a lenda que ele nunca foi capturado... Hoje o lago Daiguiri leva seu nome.

1568: Quando é feito o censo, sobram apenas treze taínos em toda a ilha do Ayiti.

1665: Os franceses se apropriam da parte ocidental da ilha, que se torna São Domingos (ato formalizado por um tratado em 1697). A parte oriental continua espanhola.

1804: Três séculos após a morte de Anacaona, Toussaint Louverture liberta a parte francesa da ilha e cria a República do Haiti — assumindo o antigo nome taíno. A parte oriental permanece em mãos espanholas e obtém a independência em 1821. Em 1844, nasce oficialmente a República Dominicana.

Este livro foi composto
pelas fontes Filosofia e
Gunny Rewritten
e impresso em julho de 2024
pela gráfica
Expressão e Arte em papel
Pólen Natural 70g/m^2 (miolo) e
cartão Supremo 250g/m^2 (capa).